negociações
delegação
que tratara com os
VISITANTES DO ES
DE TESOUROS DO VAT
PARA AJUDAR VÍTIMAS
DE CALAMIDADES
AUTORIDADES CONFIRMAM:
NAVES ALIENÍGENAS
SE POSICIONAM
NASPROXIMIDADES
RECONSTRUÇÃ
DAS CIDADES ATINGIDAS COMP
NAÇÕES À COOPERAÇÃO MÚT
Cardeais em polvorosa
as reformas implementadas
pelos doze novos apóstolos
CINCO ANOS DEPOIS
DA GRANDE DESTRUI
ANIMOSIDADES INTERNAC
VOLTAM A CRESCER
ERA, TÓQUIO:
filhos de Seth
tingem metrópoles
o redor do mundo

1ª edição
Março de 2018 | 6 mil exemplares
2ª reimpressão | agosto de 2020 | 1 mil exemplares
3ª reimpressão | dezembro de 2022 | 1 mil exemplares

CASA DOS ESPÍRITOS
Avenida Álvares Cabral, 982, sala 1101
Belo Horizonte | MG | 30170-002 | Brasil
Tel.: +55 (31) 3304 8300
editora@casadosespiritos.com.br
www.casadosespiritos.com.br

Edição, preparação e notas
Leonardo Möller

Revisão
Naísa Santos
Daniele Marzano

Capa e projeto gráfico de miolo
Rafael Nobre

Editoração eletrônica
Victor Ribeiro

Foto do autor
Kleber Bassa

Impressão e acabamento
Assahi Gráfica

Dados Internacionais de Catalogação na Publicação (CIP)
(Câmara Brasileira do Livro, SP, Brasil)

Verne, Júlio (Espírito)
2080: livro 2 / pelo Espírito Júlio Verne ; [psicografado por] Robson Pinheiro. – 1. ed. – Belo Horizonte, MG : Casa dos Espíritos Editora, 2018.

Sequência de: 2080: livro 1
Obra em 2 vol.
ISBN: 978-85-99818-67-1

1. Espiritismo 2. Mediunidade 3. Obras psicografadas
4. Romance espírita I. Pinheiro, Robson. II. Título.

18–14040 CDD–133.93

Índices para catálogo sistemático:
1. Romance mediúnico psicografado : Espiritismo 133.93

2080

LIVRO 2

MANHATTAN: NEM O
CENTRAL PARK SE
RECONHECE MAIS

PELO ESPÍRITO JÚLIO VERNE

LIVRO 2

ROBSON PINHEIRO

2080

O Acordo Ortográfico da Língua Portuguesa, ratificado em 2008, foi respeitado nesta obra.

"E VI OS MORTOS, GRANDES E PEQUENOS, QUE ESTAVAM DIANTE DE DEUS, E ABRIRAM-SE OS LIVROS; E ABRIU-SE OUTRO LIVRO, QUE É O DA VIDA. E OS MORTOS FORAM JULGADOS PELAS COISAS QUE ESTAVAM ESCRITAS NOS LIVROS, SEGUNDO AS SUAS OBRAS." APOCALIPSE 20:12

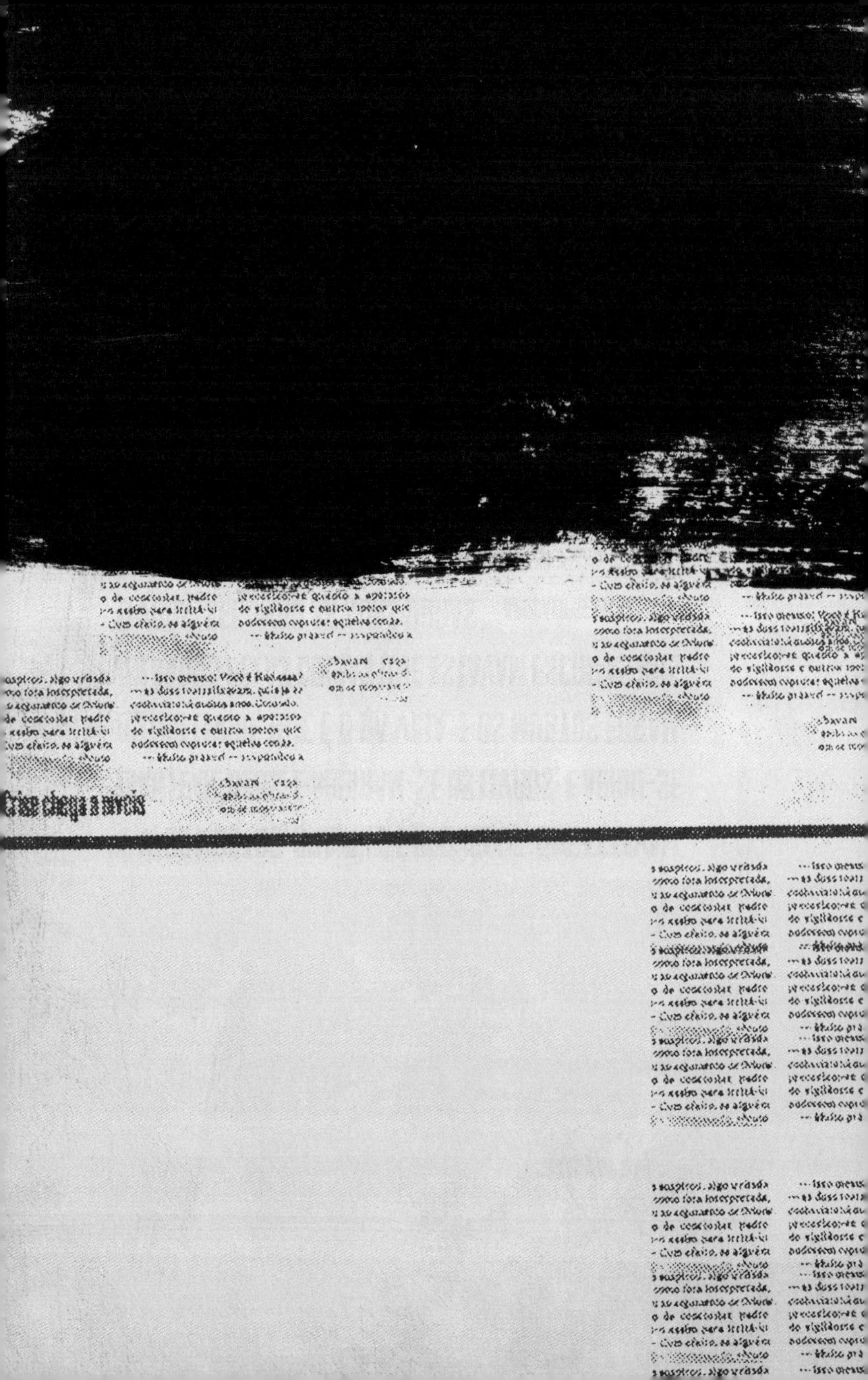
Crise chega a níveis

Ao amigo Djalma Argollo,

que reúne inteligência, caráter, sensibilidade,

humor e lealdade como poucos — muito poucos.

SUMÁRIO

INTRODUÇÃO
PREVIAMENTE, EM *2080*: LIVRO I...

Nova Iorque sucumbiu à ira de Seth, nome do deus egípcio da destruição, como fora designado o grande asteroide vindo do espaço, cujos fragmentos caíram sobre as mais importantes cidades da Terra após a tentativa humana de alvejar o astro ainda em rota de colisão. Antes da hecatombe, Orione, padre a serviço do Vaticano para assuntos de ciência, deixara seus colegas Matheus e Damien no Brasil e partira para a Big Apple em busca de Michaella, pesquisadora russa por quem se apaixonara à primeira vista meses antes.

Porém, ele não sabia que, nos Estados Unidos, epicentro da crise global, a cientista exercia sua função paralela e um tanto secreta: comandar o grupo dos chamados novos homens, uma espécie de liga de paranormais — indivíduos dotados de dons psíquicos — dedicada a causas humanitárias e a combater a prática do mal nos bastidores do poder político e econômico em nível internacional. Radicada em Phoenix, no Arizona, ela desconhece que seu amado, à sua procura, seguiu para Nova Iorque, a cidade mais afetada pelo inimigo intergaláctico.

Apesar de drástico, o remédio amargo vindo dos céus torna-se responsável direto por fazer cessarem as dissensões graves, de ordem diplomática, entre as principais potências da Terra. A guerra estava prestes a eclodir no palco predileto dos conflitos, o Oriente Médio, onde as nações se apresentavam para o grande armagedom. Poucos acreditavam na sobrevivência da humanidade após uma possível Terceira Guerra Mundial, que se desenhava no horizonte com contornos cada dia mais reais.

Às vésperas do maior cataclismo já enfrentado pelo homem terrestre, surgira um novo papa. Pedro II foi entronizado como aquele a quem caberia restabelecer a credibilidade da Igreja, seriamente abalada após sucessivos escândalos de variada ordem. Num mundo à beira de um colapso político-econômico, eis que o sumo pontífice é chamado a questionar o impensável: o que competiria à Santa Sé na reconstrução de um mundo devastado pelo asteroide imperdoável, que ocasionara a submersão de ilhas, o aparecimento de novas terras e anunciava, enfim, a manifestação do próprio apocalipse? Porventura o ocupante do trono de São Pedro abdicaria da majestade para dar lugar à magnanimidade? Cardeais furiosos acabam por tramar o assassinato do Santo Padre, porém ele se antecipa com um contragolpe: nomeia onze cardeais de confiança e instaura o colegiado de novos apóstolos, como um só núcleo de poder, diluindo a autoridade papal. A partir dessa medida, em conjunto com as demais reformas que implementa, conquista maciço apoio popular.

Em meio a um mundo envolto em caos de caráter climático, ambiental, econômico, financeiro, social, político, diplomático e bélico, a humanidade do último quarto do século XXI é chamada a se posicionar de forma definitiva perante o cosmos. É chegada a hora da colheita para a espécie humana. Mas isso não é tudo. No tempo das viagens interplanetárias, da exploração das riquezas de Marte e Júpiter, a ameaça alienígena bate indubitavelmente às portas da civilização terráquea.

Todas as peças estão lançadas, e o jogo pouco a pouco se torna intricado, e mais intricado ainda. A imagem a ser formada no quebra-cabeça do destino da Terra depende das escolhas humanas, mas o número de tentativas para se manter a integridade do planeta também se esgota.

Diversas possibilidades são apresentadas para o que revelará o fim do século XXI. Descubra a seguir, em *2080*: livro 2.

CAPÍTULO 5

O CAVALEIRO DO APOCALIPSE

Orione corria de um lado para outro tentando encontrar o amigo Walter Springs, que, segundo acreditava, teria escapado da destruição. Nova Iorque estava em ruínas; até onde alcançava seu olhar, a Big Apple simplesmente não existia mais. Em meio a tamanha calamidade e a tão grande número de pessoas reclamando socorro, Pe. Orione tivera de esquecer Michaella, ainda que com o coração despedaçado, pois julgava que ela tivesse perecido naquela tragédia sem precedentes que devastara a cidade. Ouviu primeiro uma explosão e depois outra e mais outra. Não saberia dizer qual delas atingira o prédio de onde acabara de sair. A rua estava repleta de escombros e gente morta, agonizante ou em estado crítico. O que restara de um prédio logo à sua frente, totalmente destruído, jazia sobre os destroços de outro.

A gente que se arrastava ou perambulava pela rua afora, atordoada, especulava sobre um atentado. Em 2080, o medo do terrorismo assombrava grande parte dos norte-americanos diariamente; muitos olhavam para o vizinho como se este fosse, em algum momento, detonar uma bomba nos arredores sem prévio aviso. Naquela manhã interminável, porém, a convicção de que haviam sido vítimas de um ataque terrorista tomava conta de todos, inclusive de Orione, que estava num estado emocional desolador. Por onde olhava, via gente gemendo e precisando de ajuda. Não havia nenhum canal de comunicação disponível, nem mesmo através dos implantes ópticos tão comuns naqueles dias, os quais sucederam aos obsoletos telefones celulares.

— Meu Deus! O que aconteceu? Onde está Walter? E Michaella... por onde anda neste momento? — perguntava-se um Orione tão sujo e atônito quanto os demais sobreviventes que encontrava. Ou talvez nem tanto, uma vez que, instantes depois, resolveu agir e passou a arregimentar pessoas para socorrer quem mais necessitava. Afinal, era impossível esperar que chegasse ajuda logo, pois, por onde olhava, só via gente despedaçada, chorando, procurando quem lhe era caro ou, simplesmente, em estado de choque. Muitos andavam a esmo, sem saberem o que fazer. Orione aproveitou seu dom de organizar as coisas e sua capacidade de liderança e, passado certo tempo, mesmo que emocionalmente afetado pelos acontecimentos inexplicáveis, já estava auxiliando; mesmo manco, pois sofrera um ferimento leve, que tratou de cuidar atando-lhe um pedaço da calça rasgada. Mas o que sentia não era nada diante do que ouvia e via ao seu redor. Um grupo de homens e mulheres o seguia na tentativa de levar socorro aos desesperados e aos aflitos. Um deles teve a ideia de que alguém subisse ao topo de um prédio que parecia haver subsistido à catástrofe a fim de mirar o entorno e, assim, avaliar melhor a situação.

— Como subir no prédio, meu caro, se tudo aqui parece querer ruir de um minuto a outro? O que sobrou deste bairro talvez não demore a desabar também.

Mal falou e um dos edifícios semidestruídos das proximidades caiu de vez, assustando a todos, que já tinham os nervos à flor da pele, fazendo subir uma nuvem espessa de poeira, que se misturava à fumaça dos destroços consumidos pelo fogo, o qual se erguia aqui e acolá. Tudo ainda era muito confuso para se ter uma ideia clara do que fazer. Nada mais lhes restava além de socorrer os feridos que sobreviveram. Afinal, apesar dos inúmeros mortos que havia como resultado da catástrofe, contavam-se muitos sobreviventes.

Porém, nenhum deles sabia ao certo o que sucedera; pensavam se tratar de uma hecatombe local, restrita à vizinhança onde se encontravam. Não imaginavam e, se porventura imaginassem, tentavam se persuadir de que a cidade não fora toda devastada. Desconheciam que uma parte do subúrbio de Londres havia sido afetada de maneira irremediável e que a capital britânica estava em polvorosa. Também não sabiam que Tóquio fora seriamente abalada e que boa parte do Japão teria de ser reconstruída; que Dubai e diversas outras metrópoles receberam a visita dos filhos de Seth, embora muitas delas, a partir de então, não pudessem se comunicar normalmente com o restante do mundo por um bom período.

Orione concordou com o homenzarrão que dera a ideia de subir ao topo do prédio, que claramente tivera a estrutura abalada. Até onde seu olhar alcançava, mesmo sendo o relevo ali tão plano, não se via outra coisa senão a mesma desolação já observada ao redor de si. Precisavam sondar com urgência a dimensão da catástrofe.

— Vamos! — disse Orione ao homem corpulento. — Vamos tentar chegar ao local mais alto desse prédio que restou de pé.

— Não, eu não irei de forma alguma! — respondeu.

— Mas não foi você quem sugeriu que subíssemos lá?

— E eu sou louco? Disse para *alguém* subir, não falei em subir eu mesmo…

Orione entendeu o que acontecia e imediatamente voltou-se para o entorno à procura de outra pessoa que se dispusesse a acompanhá-lo até o topo, apesar do evidente risco que a situação oferecia. Um a um, declinaram todos com gestos, olhar ou atitude.

Sujos, alguns com sangue escorrido sobre o corpo por falta de material de socorro, saíram em busca de alguém que parecesse mais necessitado do que eles próprios para ajudar. Orione, então, resolveu ir sozinho. No caminho, desolado ainda, quase perdeu a vida, pois uma viga de mais de 100kg caiu exatamente aos seus pés. Ouviu alguém gritar por socorro insistentemente após apenas alguns metros de caminhada. Estava decidido a subir na estrutura avariada, mas teve de deter os passos e ajudar a moça que clamava. Não conseguiu, sozinho, retirá-la de debaixo de um poste que havia caído justamente em cima de uma de suas pernas.

— Socorro! Socorro! Venham com urgência! — gritou a plenos pulmões, chamando quem quer que fosse. Dois homens parrudos vieram em sua direção, porém, um deles arrastando-se, como se carregasse um peso enorme. Tinha uma fratura exposta, entretanto, não se sabe de onde, conseguia forças para locomover-se, o corpo como um fardo pesado do qual não poderia se livrar. Orione não tentou ao menos dissuadi-lo; aceitou ajuda imediatamente. Os três juntos, apesar do esforço descomunal, não conseguiram mover sequer um milímetro do poste sobre a perna da moça. Ela gemia de dor e chorava baixo, pois já não tinha mais forças. Orione conteve-se para não chorar também, diante do sentimento de impotência que o dominara. Depois de mais de duas horas de tentativas frustrantes, a moça foi retirada com a ajuda de mais uma pessoa, que trouxera uma trava de metal

e fizera uma alavanca. Assim, empenhando força extrema, conseguiram suspender o poste e retirar a mulher, quase desfalecida. A perna, infelizmente, não haveria como salvar.

— Sou médico — disse um dos homens que auxiliavam. — Porém, não tenho instrumentos nem material de socorro. Eu me sinto com as mãos atadas diante de tanta gente precisando de ajuda tão urgente...

— Moço, o que aconteceu em nosso bairro? Ou em nossa cidade? — perguntou a mulher, suportando a dor intensa que sentia, ciente de que o médico realmente não tinha condições de auxiliar muito mais.

— Não sabemos, minha querida; nada sabemos a

respeito! Estamos todos na mesma situação e precisamos descobrir o que ocorreu o mais depressa possível.

Olhando para o médico que a auxiliara, ela pediu, quase implorando:

— Por favor, doutor, procure entrar em contato com algum hospital para trazerem com urgência alguma ajuda.

— Mas... — tentou responder o médico, tão sujo como o próprio Orione e todos ali presentes, quando foi interrompido pelo padre:

— Por favor, não desista! Nenhum de nós pode desistir. Tudo aqui está um caos, e chego a pensar que o mundo todo está assim.

Sem conseguir mais conter o pranto, chorou ali mesmo, na frente de todos, derramando-se por inteiro naquelas lágrimas, até os soluços. Depois de algum tempo, notou que estavam todos abraçados. Afinal, o destino comum fizera com que surgisse um sentimento de fraternidade e de compaixão que talvez aquelas pessoas não conhecessem, devido à agitação cotidiana da vida numa metrópole como Nova Iorque. Orione soltou-se dos homens que o abraçavam, na tentativa de reconfortarem-se, e disse-lhes o que pretendia:

— Vou subir ao topo daquele prédio ali — falou,

apontando para o mais alto edifício que sobrara, embora estivesse tombado sobre outro.

— Não irá sozinho! — respondeu um dos homens, o que estava com uma fratura exposta. — Irei com você.

Sem falar palavra e entendendo que qualquer recusa não demoveria aquele homem de sua resolução, ofereceu um dos braços para ele se apoiar, e ambos saíram em direção ao prédio assinalado. Havia gente ferida por todo lado. À medida que caminhavam, porém, depararam com grupos e mais grupos de sobreviventes em completa solidariedade com os feridos que encontravam. Orione tentou ignorar as vítimas a fim de continuar em direção ao alvo, até que alguém o chamou:

— Senhor, senhor, me ajude, por favor!

O padre ainda teimou com os próprios instintos, procurando manter-se obstinado, mas não conseguiu. Parou ali mesmo e deu atenção ao homem fragilizado. Patrick, seu companheiro, o advertiu:

— Padre... — àquela altura, já sabia que Orione era um padre enviado da Santa Sé. — Se nos detivermos para socorrer todos com quem cruzarmos no caminho, nunca chegaremos ao topo da torre fendida. Todos na vizinhança estão do mesmo jeito, e não sei exatamente o que o senhor pensa, mas creio que seja mais importante encontrarmos ajuda com urgência; para isso, devemos seguir até a construção que avistamos antes. Somente assim conseguiremos, de alguma maneira, providenciar auxílio ao maior número possível de pessoas.

— Ora, Patrick... somente este aqui, eu juro! — ponderou e logo se abaixou para dar atenção ao homem que o chamara quase chorando.

Assim que Orione se agachou, Patrick viu a arma que o homem escondia ao lado e tentava pegar, sorrateiramente, sem que Orione a visse. Patrick ignorou seu estado lastimável, sua própria dor, e se jogou em cima do homem, aparentemente necessitado de ajuda. Deu-lhe um pontapé, impedindo-o de pegar a arma.

— Está louco, homem? — gritou Orione ao ver o homenzarrão jogar-se com força total sobre a vítima.

— Da próxima vez, padre, tenha certeza de que as pessoas que pedem auxílio realmente necessitam de ajuda. Veja a arma desse miserável! Ele já ia pegá-la para fazer alguma coisa; aposto que para atirar em um de nós.

Orione viu a arma jogada longe e olhou para o homem, que, então, parecia desacordado. Patrick tinha razão. Aquela região onde estavam não era segura nem mesmo antes do cataclismo. Agora, principalmente, não sabiam quem encontrariam pela frente. Orione compreendeu que precisava ter mais cuidado, efetivamente. Deixaram o homem desacordado, e o padre nem ousou comentar nada com Patrick, seu companheiro de desdita e de caminhada. Após o susto, apesar de sua ação rápida e certeira em defesa do padre, Patrick não pensou em recolher para si a arma do homem desmaiado, a qual muito lhe poderia ser útil naquele caos; tampouco o padre teve essa ideia, tal beato era.

Mesmo havendo achado alguém para acompanhá-lo, Orione não deixava de ver o pensamento voltar de forma recorrente a Michaella e a Walter, com quem estabelecera amizade. Walter talvez tivesse razão quanto aos conhecimentos que compartilhava acerca das profecias e sobre diversas ocorrências que aconteceriam no mundo todo. Mas ele, Orione, jamais pensara que algum dia veria alguma dessas profecias se cumprindo. Ou será que aquele ataque terrorista não fazia parte das profecias antigas ou modernas? Orione e Patrick ainda acreditavam que aquela calamidade toda não passava de um ataque terrorista de primeiro grau. Prosseguiram, desviando-se o máximo possível de bandos de pessoas que saíam de escombros e de entradas de prédios que foram destruídos, mesmo que ignorar tudo aquilo doesse na alma de Orione de maneira assustadora, numa dimensão tal que talvez Patrick nunca soubesse.

ENTREMENTES, NO Brasil, amigos do padre comentavam entre si:

— Meu Deus, Pe. Damien! Você ouviu o que aconteceu no mundo todo? — perguntou um Matheus estupefato e, ao mesmo tempo, preocupadíssimo com o que pudesse acontecer com seu amigo Orione, que deveria estar no centro dos acontecimentos naquele momento.

Damien tinha o semblante de um derrotado. A aparência era cadavérica, de tão consternado e horrorizado; estava em meio a uma franca crise de pânico, como nunca havia sido acometido antes, pelo menos não naquela dimensão. Qualquer notícia poderia ser fatal para o restante de seu equilíbrio psicológico.

— Nova Iorque, Damien! Nova Iorque foi alvo de um pedaço do asteroide que ninguém julgava ainda poder atingir a Terra! Londres, Tóquio, Osaka e outras cidades do Japão; Dubai e Hong Kong... Até aqui, no Brasil, ocorreram baixas em cidades litorâneas, embora não seja nada no mesmo nível. Um dos pedaços do asteroide, aos quais chamam de filhos de Seth, caiu em alto-mar e provocou um maremoto de graves proporções. Muitas cidades no mundo estão em alerta máximo e vivem perigo semelhante.

— É o fim do mundo! É o fim do mundo, Pe. Matheus! Seremos destruídos junto com todo o resto... — Damien quase gritava de tanto pavor, ainda que a cidade onde estavam não houvesse sofrido nenhuma consequência da queda dos filhos de Seth.

Imediatamente, Matheus procurou sintonizar seu aparelho na NetCosmic para ver notícias a respeito do Vaticano. Tentou de tudo, mas em vão. Naquele primeiro dia depois da hecatombe internacional, boa parte dos sistemas de comunicação ao redor do mundo parecia não funcionar bem. A espera era aterradora. O que conseguira ver e ouvir era apenas uma parcela das ocorrências, e, logo depois, o aparelho parou de funcionar repentinamente. Pelas ruas o povo estava em alvoroço. Fora decretado luto e feriado nacional em quase todos os países que receberam em seu território a visita terrível dos filhos de Seth.

— Tenho de saber notícias do Vaticano e de Orione.

— Orione deve ter morrido, Matheus. Ninguém sobrevive a algo desse porte — falava Damien enquanto caminhava, chorando, de um lado para outro no quarto do hotel onde se hospedavam, na parte nova da capital paulista, recém-inaugurada. Um bairro sofisticado surgira nos últimos anos, após as reformas estruturais no trânsito, que resolveram de vez os problemas de locomoção individual.

— Não creio nisso, padre. Não podemos crer. Em todos os eventos catastróficos que ocorreram na história, boa parte da população conseguiu sobreviver.

— Mas ao impacto de pedaços de um asteroide? Você acha, sinceramente, que alguém sobreviveria?

— Tenho minhas esperanças, Pe. Damien... Sou um homem de fé, e minha fé diz que não devo perder a esperança de forma alguma.

ENQUANTO ISSO, LONGE DALI...

— Não sei o que pensar, Hadassa! Estou chocada com tudo o que acontece no planeta. Sei que já havíamos sido avisados, mas na proporção e na rapidez com que tudo se deu... Não sei se estou preparada emocionalmente para enfrentar tudo isso.

— Ninguém está, minha querida Michaella; ninguém está. Mesmo sabendo dos eventos preditos, qualquer um que não se comova e não se sinta abalado até as entranhas com o que ocorreu decerto não é humano.

As duas mulheres conversavam enquanto três outros dos chamados novos homens permaneciam atentos aos aparelhos de comunicação da NetCosmic, coletando informações sobre as ocorrências das últimas horas. O mundo estava de luto... o planeta inteiro. Mas também eles, os novos humanos, tinham medo, um medo descomunal que tomava conta de todos.

Onde quer que fosse ao redor do globo, mesmo onde não houvessem aterrissado os filhos de Seth — os destroços do asteroide dado como pulverizado no espaço —, toda a gente se desesperava, chorava, pranteava e lamentava a morte de milhões e milhões de pessoas. Os números não paravam de aumentar. Por outro lado, muitos que foram dados como mortos durante a catástrofe foram encontrados ainda vivos pouco tempo depois. Alguma coisa, uma força superior, talvez, preservara muitos da morte. Os mais místicos e religiosos teorizavam sobre o mérito dos sobreviventes; quem sabe se tratasse de presságio de determinada missão a ser desenvolvida. Uma onda de religiosidade tomara conta do povo em todos os quadrantes. Mesquitas, sinagogas, igrejas, catedrais, centros espíritas, núcleos esotéricos, templos budistas e os demais redutos de todas as religiões quanto há assistiram a uma enxurrada de novos fiéis lotando os locais de culto e adoração.

Em meio à conversa entre Hadassa e Michaella, uma voz se fez ouvir:

— Regressem a Nova Iorque. Vocês precisam ajudar pessoalmente no que restou da cidade. Não se preocupem, pois vem vindo ajuda de fora. A ajuda por certo não é a mais esperada, contudo, evitará problemas maiores para os povos do mundo.

— Como devemos fazer, imortal? Para onde devemos nos dirigir? O que fazer em meio aos escombros? Ficamos sabendo que toda a cidade, ou o que restou dela, foi cercada pelas forças de segurança nacional e que ninguém poderá entrar, e talvez nem sair do perímetro da cidade. Como faremos para ajudar?

— Juntem-se! Deem-se as mãos e concentrem-se na cidade. Vocês juntos têm mais força do que imaginam.

— Nós nos juntarmos? Mas como assim...? Darmos as mãos?

A voz silenciou repentinamente, assim como começou. Hadassa e Michaella não conseguiram decifrar o que o imortal dissera sobre se juntarem, darem-se as mãos e se concentrarem. Interpretaram como se fosse uma figura de linguagem. Devia ser isso mesmo: manterem-se unidos e tentarem chegar à cidade.

O núcleo de comando dos novos homens estava reunido em Phoenix, no Arizona. Há algum tempo, haviam chegado à conclusão de que ali teriam maior segurança e, a partir de lá, poderiam se locomover até os lugares onde a ajuda era necessária. Hadassa,

na véspera do evento catastrófico, enviara alguns dos novos homens à Califórnia, outro local que se abatera após pedaço do asteroide cair sobre a falha de San Andreas. São Francisco fora imensamente arruinada devido à rachadura no solo e a terremotos que, ainda naquele momento, ocorriam na região. Algumas cidades foram largamente devastadas. Outros homens foram enviados aos arredores de cidades como Londres, Lisboa, Tóquio, Buenos Aires, Bogotá, além de Teerã, Bagdá e Jerusalém. A Índia fora especialmente contemplada com equipes de novos homens de variada procedência, aguardando o momento de entrar em ação para auxiliar quanto possível. Junto com todas essas equipes, médicos, enfermeiros e socorristas em geral — que, ao longo das duas décadas anteriores, foram contatados pelos novos homens, os chamados estranhos — uniram-se em todo o mundo, formando um contingente nada desprezível de ajuda humanitária, sem contar os outros inúmeros grupos já existentes mundo afora.

De repente, como se alguém houvesse soprado alguma intuição, os sentidos de Michaella ficaram atentos:

— Orione! Como estará Orione?

— Ora, Michaella, você sabe que ele e seus colegas estão no Brasil neste momento — disse Hadassa. — Por lá, como em todo lugar, as coisas não devem estar muito boas, apesar de não termos ouvido notícias de catástrofes semelhantes às que enfrentamos. Parece que lá sentiram apenas efeitos, como os maremotos observados em diversos lugares do planeta.

— Tenho de saber de Orione! Preciso ter notícias dele — disse e caminhou em direção ao rapaz que tentava obter pela NetCosmic informações em geral. Outra vez ela buscou comunicar-se por meio do implante que trazia no nervo óptico, mas nada. Não havia como estabelecer contato com Orione naquele momento, e Michaella ficou furiosa por não conseguir notícias. Dreiil Locan, rapaz proveniente do sul do continente africano, era chamado de capacitor humano, pois tinha a habilidade de ampliar as percepções e as habilidades psíquicas dos demais novos homens. No entanto, não sabia o que fazer, nem mesmo como obter informações sobre o paradeiro do amigo de Michaella. Ela então propôs:

— Venha, Dreiil, me dê as mãos enquanto me concentro em Orione.

— Michaella!! — advertiu Hadassa, diante da tentativa da amiga e líder dos novos homens.

— Tenho de tentar, Hadassa! Tenho de tentar com minhas habilidades. Não posso ficar sem notícias de Orione.

Falando isso, tomou as mãos do capacitor humano e concentrou-se. Imediatamente, transportou-se para o meio de escombros, de prédios caídos e gente ferida. Em razão do dom de Dreiil, desprendera-se com extrema facilidade da matéria, do corpo físico. Ficou chocada e, além do mais, não conseguiu saber em que cidade Orione estava, em virtude de, por todo lado, ver apenas escombros. Poderia estar em qualquer cidade do mundo, mas não no Brasil, onde julgava que ele estivesse. Voltou ao corpo desolada e chorando. Dreiil abraçou-a sem se pronunciar. Aliás, ele era uma das pessoas mais quietas e silenciosas entre todos os novos humanos. Não raro os outros se esqueciam dele, pois era de uma discrição a toda prova.

Hadassa aproximou-se dos dois e procurou mudar o foco da amiga:

— Desculpe, Michaella... Nosso compromisso com a humanidade, neste momento, nos impele a deixar de lado nossas ligações emocionais. Em situações extremas como esta, nem sempre obteremos notícias da forma como queremos ou desejamos. Sei que sofre, minha querida — Michaella abraçou-a, soltando-se dos braços de Dreiil, que voltou aos aparelhos de comunicação, rastreando tudo o que era possível.

ORIONE CONTINUOU SUA CAMINHADA juntamente com Patrick, mantendo-se, desde a emboscada de que fora salvo, mais atento às pessoas com as quais deparavam. Logo que cruzaram um entroncamento cujo nome não se podia saber exatamente, devido ao grau de destruição do lugar, viram um grupo de homens em gritaria, como se estivessem numa briga. Era já quase meio-dia, e faziam o percurso lentamente, pois, além da distância convencional, tinham de passar por valas, debaixo de pilares, vigas e postes caídos, além de desviarem-se de um ou outro pedaço de alguma construção que ocasionalmente se desprendia ali e acolá e vinha ao chão, devido ao abalo das estruturas em ruínas. Havia risco de morte por toda parte, e teriam, ainda, de ignorar grupos de pessoas tresloucadas.

A turba avistada há pouco estava mesmo no meio de uma briga. Os dois quiseram se desviar, mas Orione acabou tendo a atenção capturada pelo fato de que os agressores tentavam pilhar um grupo menor, composto por mulheres completamente esfarrapadas, que estavam em franca desvantagem. Patrick lançou para Orione um olhar de repreensão, a fim de preveni-lo do perigo, mas não surtiu efeito: o padre jogou-se no meio da confusão imediatamente. Patrick, apesar da limitação determinada pela fratura exposta e pelas ataduras sujas e rotas, sentiu-se compelido a acompanhar o padre, no intuito mais de defendê-lo do que de auxiliar as mulheres que eram atacadas. Feridas, suadas e sujas, elas buscavam se defender a qualquer custo, usando de tudo o que encontravam à volta. O grupo rival era feito de homens fortes, verdadeiros vândalos, embora alguns estivessem feridos, como todas as vítimas dos últimos eventos. Orione enfrentou-os com galhardia, até que recebeu um soco no rosto, sangrando imediatamente. Por sua vez, saiu a pontapés e desferindo socos. Não adiantou nem mesmo a ajuda de Patrick, que procurou, sem sucesso, apartar a briga e proteger o padre. Ao tentar retirar as poucas pessoas andrajosas do caminho dos homens vândalos, Orione foi segurado por dois deles enquanto recebia socos e pontapés, até ter um de seus dentes quebrado, o que causou enorme sangramento. Os homens ameaçavam continuar, mas foram detidos por uma explosão de algum gerador de eletricidade bem nas proximidades. Em seguida, uma viga caiu em cima de um dos marginais, matando-o instantaneamente. Os demais, covardes como eram, deixaram o local correndo, abandonando o corpo do colega sem nenhum pudor. Partiram para procurar outros alvos, decerto.

Orione respirava com dificuldade quando Patrick o alcançou, amparando-o como pôde. Não podia muito, quanto mais entrar numa briga naquele estado. Contudo, sem saber bem o porquê, decidira acompanhar o padre, procurando ignorar as próprias dores. Patrick acreditava piamente que, encontrando ajuda, descobrindo a dimensão do que ocorrera, poderia auxiliar muito mais do que dando atenção a quem quer que lhe cruzasse o caminho. Ele tinha boa dose de razão, mas Orione agia pelo impulso das emoções. O seu lado piegas, carola, deixava-se ligar a quem aparecia, de modo fortuito, sem discernimento — característica que já lhe causara enormes problemas até ali. Pelo menos Patrick esperava que a perda do dente e o espancamento de que fora vítima lhe ensinassem alguma coisa.

Orione tossia muito, cuspindo o sangue que escorria de sua boca devido ao dente extraído com o soco dos monstros, conforme ele falaria mais tarde.

— Vamos, padre! — falou Patrick, sem comentar nada sobre a ocorrência e a impulsividade dele. Apenas o apoiou em seu ombro direito, mesmo dolorido. — Agora somos dois precisando de amparo um do outro. Não podemos nos dar ao luxo de encontrar no caminho outra situação como essa.

Prosseguiram com o padre sentindo dores, pressionando a região do estômago e cuspindo a cada minuto para se livrar do sangue que escorria boca afora. Continuaram calados, até que Orione acostumou-se com as dores ou se sentiu mais reconfortado.

Decidiram em silêncio, sem que Orione se opusesse, contornar e, sem saberem ao certo o que tinha acontecido, evitar pequenos grupos de pessoas sob escombros ou reunidas em desespero. Orione, enfim, se conformara: nada podia fazer de imediato para ajudar aquelas pessoas sem que recebessem suporte externo. Precisavam alcançar o topo da torre; isso se a estrutura resistisse um pouco mais e não ruísse por completo.

Depois de mais de hora e meia no percurso, com fome e muita sede, sem haverem descoberto onde se alimentar, chegaram aos pés do prédio, ou do que restara dele. O edifício estava semidestruído, mas, a despeito disso, era o mais alto que restara na região. Os demais que se avistavam, sem se distinguir em que medida estavam comprometidos, ficavam bem distantes dali, e, na situação em que se encontravam, não conseguiriam ir muito mais longe.

Tentaram tudo em busca de um jeito de entrar no prédio, o que, enfim, alcançaram. Depararam com uns dez corpos nas imediações. Orione fez o sinal da cruz diante de cada um deles. Patrick não se furtou a comentar, irônico:

— Padre, não é melhor fazer uma oração e um só

sinal da cruz para toda a cidade, em vez de repetir tudo a cada pessoa que encontramos? Nesse ritmo, nunca chegaremos ao topo. E olhe que temos bem mais degraus que pessoas mortas em nosso caminho.

Orione olhou com reprovação para o amigo de desdita, mas que naquele momento se mostrava o companheiro ideal para auxiliá-lo. Continuaram sem que o padre se detivesse novamente, mesmo ao encontrarem pessoas vivas, feridas e pedindo socorro no interior da construção. Orione teve de fazer um esforço enorme para ignorar o que vira no entorno,

mas Patrick não arredou o pé e o incentivou a prosseguir, ora com um empurrãozinho, ora com um aperto no braço mais afetado pelos bofetões. O padre entendeu os gestos do companheiro.

Seguiram em frente, mas a fome apertava, e a sede, também. Antes que atingissem o cume, caminhando em meio a destroços, vigas entortadas e paredes esburacadas, escalando degrau a degrau, apesar de parte das escadas se apresentar destruída, avistaram algo que lhes chamou a atenção. Numa sala semidestruída havia, num dos cantos, um galão de água mineral incrivelmente intacto, mesmo depois da catástrofe. Os dois se entreolharam e agiram: não haveria perigo capaz de demovê-los de entrar naquele ambiente, nem mesmo o teto parcialmente desabado. Entraram pé ante pé, procurando evitar que desencadeassem novo desastre ante o estado da estrutura predial. Dois corpos humanos desacordados estavam estendidos perto do galão de água. Orione percebeu de relance o olhar do amigo e resolveu ignorar os homens no chão. Finalmente, conseguiram chegar ao galão para, então, notarem que estava arrebentado em um dos lados.

— Desgraça! — praguejou Patrick, sem olhar para o padre. Orione já não se importava mais com o jeito do amigo e o ignorou, ou nem sequer ouviu seu comentário.

Antes de desistirem do galão, notaram que restava, ainda, pelo menos um terço de seu conteúdo. Orione pareceu capaz de sorver quase tudo, só deixando água para o amigo depois que este o segurou pelo braço e falou:

— E eu? Só os padres têm direito a água e comida?

Orione gargalhou pela primeira vez. Ninguém saberia dizer se de nervoso ou se seu humor havia rompido de vez a couraça da dor e do sofrimento causado por tanta coisa ao mesmo tempo.

Assim que terminaram, Patrick avistou uma caixa

de chocolates caída num dos cantos da sala. Por incrível que pareça, não podiam alcançar o lado onde ela estava, visto o perigo imediato de tudo ruir, todo o forro, sobre os dois. Orione pegou um pedaço de madeira que se quebrara durante os abalos sofridos pelo prédio e, lentamente, mas lentamente demais diante da fome de ambos, conseguiu arrastar a caixa até um local seguro. Quase desabaram sobre o conteúdo calórico. Foi a salvação dos dois até aquele momento. Lambuzaram-se exageradamente, como crianças, diante das guloseimas. O chocolate salvou suas vidas. Patrick, com todo aquele peso, agora descontava no padre o episódio da água: comera muito mais que ele e só deixara o suficiente para Orione não morrer de fome. Este agora era quem falava, com a boca suja de sangue e chocolate — algo horrível de se ver:

— Então, agora são os padres que devem morrer de fome?

Ao que Patrick respondeu com boa dose de ironia, apesar da situação caótica ao redor:

— Pelo menos se morrerem, vocês, padres, devem ir para o paraíso. Já estão salvos! Ou não? — e deu risadas.

Orione não respondeu. Terminaram de se alimentar

e retornaram devagar, cuidando para não provocarem o desmoronamento do lugar. Subiram os lances da escada em completo silêncio, somente ouvindo o ranger de uma estrutura de aço pendida em algum lugar ignorado. De repente, Patrick considerou que estava com um padre. Assim, ele tinha Deus a seu favor, então, se beneficiaria das chances e do *status* do servo do Senhor. Ignorou os sons de porções do prédio desabando.

Depois de mais duas horas descansando aqui e acolá, até porque lutavam com as limitações de ambos, e não apenas com as do ambiente durante a subida, chegaram ao que parecia ser a cobertura. Fizeram verdadeiro malabarismo até conseguirem alcançar uma abertura, que antes fora uma janela, pois o prédio estava inclinado, na diagonal, escorado em outro, como se as duas estruturas aguardassem dado momento para terminar de cair. Conseguiram ver além, e o que viram não foi nada bom.

— Destruição total... — balbuciou Orione ao ver poeira, fumaça e fogo em outros lugares, além de alguns poucos prédios que sobraram quase de pé.

— Ao que me parece, nenhum ataque terrorista faria algo nessa proporção. Não temos nenhum registro na história de que terroristas tenham conseguido uma proeza de tamanho horror e efeito destrutivo.

Orione olhou para o amigo com os olhos cheios de lágrimas. Estava desolado.

— Não me venha com choro de novo, senão serei eu quem lhe dará um soco, padre! Cuidado, que estou falando sério! — disse Patrick. Cerrou o punho e o exibiu ao sacerdote romano, que entendeu o recado e engoliu o pranto. — Precisamos de força e coragem se quisermos sair daqui ou encontrar ajuda para as pessoas com as quais cruzamos. Arranque forças do seu estômago se necessário, mas, por favor, não me venha chorar como se fosse um bebê.

Orione silenciou e voltou-se a outra direção. Imediatamente viu helicópteros sobrevoando ao longe. E viu mais ainda. Patrick teve sua atenção chamada à mesma direção para onde Orione olhava insistentemente. Uma espécie de rachadura rasgava o solo de leste a oeste, como se algo tivesse caído dos céus e se arrastado, formando um sulco e uma fossa no terreno onde se incrustara.

Mais ao longe ainda, alongando o olhar, avistaram algo inexplicável para eles até o momento. Alguma coisa fumegava numa depressão em meio ao terreno, num local onde antes havia muitas construções.

— Vê aquilo, padre? Parece a cratera de algum vulcão!

— Com certeza não é nenhum vulcão, caro Patrick. Pelo que me consta, Nova Iorque não tem nenhum vulcão.

Depois de observar por mais um tempo, Orione acrescentou, intrigado:

— Há algo de muito estranho acontecendo aqui... ou no mundo, como diria um amigo meu. Precisamos descer, Patrick, descer urgentemente e partir em direção ao local onde estão os helicópteros e os carros voadores — a tecnologia avançara de tal maneira que os carros eram capazes de voar em altura próxima a 100m, o que desafogara o trânsito nas ruas de todas as grandes cidades.

Desceram o mais rápido que puderam da torre fendida. Alguns poucos abalos os estimularam a apressar o ritmo, apesar das dificuldades e das dores que sentiam. Ouviram gemidos e gritos em um lugar e outro, mas, decididos, passaram ligeiro e desceram rumo ao que restara da antiga rua. Já no andar térreo, devastado, perceberam um barulho que antes não notaram, ou porque tinham a atenção voltada a outro objetivo ou porque a fonte daquele ruído estivesse em silêncio no momento precedente. Foi Patrick quem percebeu e apontou para o sacerdote-agente de Roma:

— Um cubo de cristal de transmissão!! — exclamou Orione ao avistar aquele aparelho de comunicação, que se conectava às ondas da NetCosmic.

— E está em funcionamento! É o primeiro transmissor de WiiLuz que encontramos em meio a todo este caos.

Caminharam ambos em direção à sala onde estava tombado o transmissor de cristal. Juntos, levantaram o cubo com todo o cuidado e o colocaram sobre uma mesa improvisada. O cubo de cristal cintilante possuía uma fonte de abastecimento própria, não precisando ser conectado a nada para funcionar. Assim que o ligaram, as ondas da NetCosmic foram acessadas em velocidade subluz. Imagens se projetaram na tela do cubo de comunicação, que era um equipamento muito utilizado por grandes empresas e corporações, devido à potência e ao alcance, bem como à capacidade de captar ondas em amplo espectro.

Sobre a tela cristalina de alta definição ainda preservada, apesar da destruição no entorno, apareciam imagens do estrago causado em todo o mundo e a figura do apresentador de um jornal qualquer. Somente dentro de alguns instantes foi que o som pôde ser ouvido; afinal, algum sinal de funcionamento imperfeito no cubo de cristal. Em meio às imagens que se sucediam, assistiram à destruição acachapante ao redor do planeta. O apresentador destacava com vigor e forte emoção os pedaços do asteroide que dizimaram Nova Iorque. Descobriram que Londres, Hong Kong e outras cidades pelo mundo afora foram atingidas. O Japão fora quase todo afetado; algumas ilhas simplesmente deixaram de existir.

Orione e Patrick agora compreendiam o que acontecera. Ambos ficaram horrorizados ao saberem que Nova Iorque inteira fora atingida, e não somente um bairro; que tudo aquilo não fora obra de ataque terrorista nem de bombas detonadas por qualquer inimigo humano. Fora, sim, um pedaço do asteroide, de Seth, que os cientistas acreditavam haver sido pulverizado com a detonação das bombas espaciais. As notícias se sucediam à medida que a dupla mudava a conexão para outros canais da NetCosmic. Era tudo a mesma coisa. O presidente estava internado, em choque, diante do que houvera; o vice preparava-se para fazer um pronunciamento à nação.

Diante dos fatos narrados, Orione preocupou-se

com o motivo original que o trouxera à Big Apple.

— Michaella!... Onde estará? Será que morreu ou foi atingida? Quem sabe...

— Pare com isso, padre. Dessa forma sofrerá ainda mais. Vamos! Temos pressa em descobrir o que os helicópteros e os carros sobrevoam, afinal — e saiu arrastando o padre pela mão rua afora.

Depois de caminharem por mais um tempo, que não saberiam precisar, evitando aglomerados de sobreviventes, depararam com um lugar de aparência incomum. Decerto havia muitas árvores ali anteriormente. Além daquilo que um dia foram árvores, ora completamente incineradas, havia todo um trecho marcado pelo fogo: restos carbonizados de vegetais e esqueletos jaziam estranhos ali, em meio a troncos e montes de cinzas que teimavam em ficar em suspensão, dando ares de filme de terror ao cenário. Pela primeira vez, os dois homens sentiram algo sombrio no ar, uma presença ou várias presenças, diriam. Orione arrepiou-se todo e, instintivamente, segurou o braço são de Patrick, que também sentiu o mesmo ao avistar aquela paisagem soturna.

— Será o Central Park?

— Ou o Central Park Zoo? Sinceramente, amigo,

não dá para saber onde estamos. Não existe nada que nos dê ao menos uma pista quanto ao nosso paradeiro. Nossa caminhada é orientada exclusivamente pelo ajuntamento de veículos, que já parecem se dispersar neste momento. Mas...

— Mas há algo estranho aqui, uma espécie de presença espiritual, se assim posso dizer.

— Sim! — respondeu o padre. — E não é nada boa. Vamos sair logo daqui!

Se tivessem seus olhos aguçados por uma visão mais ampla ou os sentidos mais desenvolvidos, semelhantes aos dos novos homens, teriam visto sombras macabras pairando sobre a cidade ou o que restara dela. Um tumulto de seres, mais parecidos com figuras bizarras, sobrevoava o horizonte, como se fosse um bando de aves de rapina. Vinham de diversas direções, e sua aura era sombria, como sombrio era aquele primeiro dia após a catástrofe que se abatera sobre o mundo.

Não chegaram a nenhuma conclusão quanto ao local; apenas tinham certeza de que precisavam apertar o passo. Com o tempo, Patrick e também Orione aprenderam a ignorar as dores. O sangue parara de escorrer da boca do padre, e este já nem percebia direito que perdera um dos dentes, embora conversasse quase sibilando, devido à falha logo na frente, visível a qualquer um. Michaella, no entanto, não saía de sua cabeça.

Ao se desviarem de todos os obstáculos que podiam, viam grupos de maltrapilhos emergindo do subsolo. Notaram que muitas dessas pessoas somente sobreviveram por haverem se escondido em túneis existentes sob a cidade conhecida; tratava-se de outra Nova Iorque, que poucos sabiam existir. Será que viviam lá? De todo modo, somente poucos túneis restavam, pois a maioria havia sido destruída, e a gente que porventura houvesse dentro deles estaria soterrada irremediavelmente. Ninguém saberia ao certo tão cedo. Orione observava tudo visivelmente curioso, pois não sabia explicar como aquelas pessoas sobreviveram muito menos como alguns túneis não desmoronaram.

Passaram ignorando as poucas pessoas que se encontravam em condições de ser socorridas; não podiam deter seus passos, e, além do mais, não havia nenhum veículo a ser utilizado por eles. Tudo estava revirado, tombado, destruído; muitas vezes tiveram de dar voltas a fim de retomar a direção do lugar aonde queriam chegar. Estavam exaustos e, também por isso, aprenderam a se desviar dos obstáculos mais insólitos.

Entretanto, não contavam com outro perigo que rondava a região. O filho de Seth que alvejara a cidade nem era tão grande assim, mas, ante o impacto, uma onda incrível de calor alastrara-se por algum tempo. Mesmo assim, alguns animais, tais como homens encontrados no caminho, haviam sobrevivido ao cataclismo. Exatamente por onde passavam os dois amigos, abrigaram-se, esfaimados e irritados, alguns dos mais perigosos animais que escaparam das jaulas dos zoológicos da cidade. Rondavam por ali e, agora, em vez de atração, representavam ameaça aos sobreviventes. Um barulho foi ouvido por ambos, ao mesmo tempo que o instinto de Patrick foi alertado:

— Cuidado, padre! Parece o som de uma fera...

Em instantes descobriram o que era. Orione pareceu esbarrar numa parede invisível: deteve-se repentinamente, estático, quase sem fôlego. Avistaram um leão e um tigre se enfrentando. O representante de Roma e o amigo depararam com três outras pessoas, que pretendiam, também, ir rumo ao local onde os helicópteros voavam.

Afastaram-se lentamente, tentando não chamar a atenção das duas feras.

— Padre! — chamou Patrick, em voz um pouco baixa para não alertar os animais. — Venha por aqui!

— Padre? — perguntou um dos homens com quem se encontraram.

— Sim, Orione é um enviado de Roma. Queremos chegar ao local onde estão os helicópteros.

— Ah! Graças a Deus temos um padre entre nós. Estamos quase desesperados. Talvez ele tenha alguma palavra de conforto para nós.

Patrick olhou para o homem que falava com ele e redarguiu:

— Olhe, rapaz! Não exija tanto assim do pobre padre. Ele passou por maus momentos e é tão humano quanto você e eu.

O homem logo compreendeu que não poderia esperar muito nem exagerar a respeito de uma possível ajuda emocional que viesse do Pe. Orione. Depois de um período de silêncio, comentou, apontando para o local aonde pretendiam ir:

— Os veículos sobrevoam os escombros do prédio da principal bolsa de valores.

Patrick se surpreendeu com o senso de localização do interlocutor, o que lhes faltara até ali, e compreendeu imediatamente por que os veículos sobrevoavam exatamente aqueles lugares, ao longe.

Após se apresentarem, os recém-conhecidos chegaram à conclusão de que buscavam ajuda mais ou menos do mesmo modo. Uniram-se e ensaiaram ir em direção ao que restara da sede da bolsa de valores, porém, logo um desafio imediato se impôs: o grupo foi atacado por um tigre. Correria geral, cada um saiu como pôde, temendo ser devorado pela criatura ensanguentada e ferida. Não estavam muito longe quando ouviram os gritos do padre clamando pelo amigo Patrick, que se debatia sob a fera, tentando libertar-se. O tigre, então, arrancou um braço do homem, que se pôs a gritar loucamente. Patrick agonizava debaixo da força bruta da fera. Orione, desolado, sem saber o que fazer, estava atônito. Aquele realmente era o seu batismo de fogo; estava em frangalhos emocionalmente.

Um dos homens do trio que se unira a Orione retirou, de repente, uma arma da cintura e disparou contra o tigre várias vezes. O animal era quem agora agonizava diante de todos, embora com certa cota de vitalidade, que se esvaiu apenas lentamente, até a morte. O bicho rolou pelo chão sujo de óleo e de detritos como se fosse um monstro. O homem que atirara no tigre, tremendo, achegou-se devagar a Patrick, estirado ao chão, o qual tinha os olhos arregalados, escorrendo lágrimas de dor e reluzindo o resto de vida que ainda teimava em habitar o corpo dilacerado.

Newman, o atirador, agachou-se mais e pareceu ouvir algo que saía da boca de Patrick; chorando de desespero e, talvez, também de compaixão — uma compaixão que nenhum dos presentes ali compreenderia —, atirou em Patrick sem pestanejar, na frente de Orione. O padre soltou um brado e caiu sobre Newman aos socos e aos palavrões, na maior revolta que sentira em toda a sua vida. O padre vivia uma das suas maiores crises de fé de toda a existência. Newman, em prantos, deixou-se ser espancado pelo padre, que bateria tanto mais nele se não houvesse sido impedido pelos demais, que o retiraram de cima do atirador.

— Perdoe-me, padre! Perdoe-me, pelo amor de Deus! — e chorava um pranto que dificilmente se veria em outra situação a não ser como aquela. — O homem ferido me pediu para matá-lo, padre, tamanha a dor que estava sentindo depois de o bicho desgraçado lhe arrancar o braço e dilacerar sua barriga. Ele sangrava pela boca e pelo nariz... Veja por si mesmo!

Orione gritava de dor, pela dor de haver perdido o segundo amigo, conforme julgava — Walter teria sido o primeiro —; alguém que lhe dera todo o apoio, como nenhum outro jamais fizera. Patrick era um homem de bem, e disso o padre não duvidava. Orione estava transtornado, embora visse nas palavras de Newman motivo suficiente para compreender o que ele fizera. Chorava copiosamente. Ambos choravam. Os demais não sabiam o que fazer diante da dor dos dois ali, deitados sobre o chão sujo da cidade em ruínas. Orione deixou-se cair ao lado do amigo morto. Gritava e falava palavrões como nunca antes fizera.

Passado algum tempo — um tempo longo por demais para quem sentia aquela dor intraduzível —, Orione não se conformava com a morte de Patrick e pôs-se a andar sozinho, deixando os demais para trás, com os corpos do animal e do seu amigo estendidos sobre o solo. Somente depois de caminhar por um tempo a sós, tentando limpar-se, pois estava num estado lamentável, e após ver tamanha destruição e horror, diante também da própria dor, deixou-se encostar numa viga caída e entregou-se novamente ao choro convulsivo. Os demais acabaram por segui-lo e, naquele momento, alcançaram-no, embora mantivessem razoável distância o tempo todo. O padre, então, aprofundou a crise emocional em que se encontrava e permitiu-se se comportar como um simples homem, um mortal comum. Gritou, repudiou os desígnios de Deus e arrancou seu crucifixo do pescoço; num ímpeto, jogou-o fora, como se fosse um gesto particular de revolta contra tudo, contra Deus e o mundo. Nesse exato momento, enquanto praguejava contra Deus e tudo o mais, um homem todo esfarrapado apareceu do meio de escombros. Saiu devagar, sujo, desgrenhado; porém, guardando traços de uma fisionomia nobre, reconheceu Orione.

— Padre! Pe. Orione?! — disse ele. — Pelo amor de Deus, homem, o que está acontecendo com todos nós? O que está acontecendo com você, amigo?

O padre tentou enxugar as lágrimas com a mão direita, enquanto, com a esquerda, apoiou-se em algum lugar para manter-se erguido. Ao reconhecer o amigo, exclamou:

— Walter! Meu amigo Walter Springs! — e ambos se abraçaram como se estivessem sem se ver há muitíssimo tempo. O padre novamente chorou convulsivamente, pois se sentia à vontade na presença do amigo. Orione, então, se consolou ao lado do homem que ressurgira dos escombros da cidade aniquilada. Walter segurou o padre pelo braço e, depois, tentou de alguma maneira agarrá-lo, a fim de deter o desespero que ameaçava tomar conta do amigo. O sacerdote parecia não ser capaz de se reequilibrar ao deixar toda a dor do mundo íntimo se expressar mais e mais, por meio de todos os palavrões que reprimira durante toda a vida de religioso. Walter deu-lhe uma bofetada, a certa altura, e então Orione se acalmou, lentamente. Minutos depois, o padre mirou os olhos do amigo pessoal e, na medida do que as circunstâncias permitiam, alegrou-se ao reencontrá-lo. Somente aos poucos retomou o aspecto normal.

— Você está horrível, homem! Nem tente sorrir, pois essa falha em sua dentição...

Ambos riram ao mesmo tempo. Era evidente que estavam desgastados, cada um à sua maneira. Walter contou-lhe como havia saído logo após terminarem a conversa na noite anterior.

— Eu pretendia espairecer, padre. Por isso, ao deixar o prédio um pouco antes da meia-noite, saí para arejar minha cabeça e tentar tirar as imagens de nossa conversa da minha mente. Peguei o metrô e, quando tentei sair de uma estação que já conhecia, ouvi o primeiro estrondo. Foi aí que saí correndo, antes de ao menos saber do que se tratava. Estava próximo à estação City Hall e conheço bem a região da prefeitura. Desci correndo feito louco e nem sei de onde veio o impulso de me jogar escada abaixo, rumo aos túneis secretos cujo caminho eu aprendera há tempos. Eu me machuquei bastante nessa fúria de correr e me jogar nos degraus, mas foi a única forma que encontrei de fugir do que eu imaginava ser um ataque terrorista.

Pe. Orione ouvia interessado a história do amigo.

— Túneis? — indagou. — Já ouvi dizer que há túneis em Nova Iorque além dos do metrô, mas achei que era invenção.

— Há muita coisa que nem mesmo antigos nova-iorquinos conhecem sobre a cidade. Na verdade, existem duas Nova Iorque — ou existiam até ontem —: a da superfície e a dos túneis antigos. Um verdadeiro mundo, um labirinto habitado por gente do povo, mendigos, marginais e por gente como nós, que queremos liberdade para pesquisar e estudar sem olhos que nos espreitem.

Conversavam enquanto desciam as escadas por

onde, antes, Walter se jogara, então acompanhados do grupo de homens que Orione conhecera, os quais, àquela altura, já haviam se aproximado respeitosamente, inclusive Newman, que atirara em Patrick. Todos desceram as escadas, depois, mais outras e se embrenharam túnel adentro. Um cheiro fétido enchia o ar, embora não fosse assim tão pior do que o odor que pairava na superfície naquele contexto calamitoso.

— Como descobriu tudo isto aqui no subsolo?

— Ah! Meu amigo... É uma longa história. Primeiro temos de nos abrigar, e você e seus amigos precisam se limpar.

— Nós precisamos, Walter; todos nós, incluindo você — conseguiram ainda rir da situação, apesar da desventura que se abatera sobre a população de Nova Iorque.

Walter começou a responder à pergunta enquanto caminhava:

— Consegui ver a tempo a poeira dos primeiros prédios atingidos. O som, também, foi ensurdecedor. Tive o impulso de me esconder o mais profundamente possível nos túneis que se ramificam a partir do metrô da cidade. Conhecia bem este lugar desde alguns anos. Aqui dentro, embora agora não seja mais tão tranquilo como antes, construí uma espécie de base para meus estudos e para armazenar documentos importantes.

— Você sempre estudando, meu amigo! — comentou Orione, enquanto ainda eram seguidos pelos demais em completo silêncio. Walter não se importou, pois, deduzira, deveriam ser amigos do padre.

— Cá no subsolo, consegui me preservar por pura sorte, apesar de que, há pouco, antes de vocês aparecerem, soube que outros lugares como este foram poupados. O pedaço do asteroide fez um percurso que surpreendentemente contornou este local, ainda que a destruição tenha deixado seu rastro por todo lugar, com os desmoronamentos que atingiram grande parte da rede de túneis existente. De todo modo, já não me sinto seguro por aqui: há muito pó e escombros, que denotam perigo iminente.

— Sei que nos conduz a determinado abrigo, mas queremos chegar o mais brevemente possível aonde se concentram tantos helicópteros e veículos. Acreditamos que somente lá faremos contato com quem possa ajudar as pessoas que encontramos no caminho. Há gente ferida em todo lugar e muitos sobreviventes, por mais incrível que possa parecer.

Walter mirou o padre e seus supostos amigos e, depois de avaliar um pouco, revelou-lhes seu segredo.

— Ir a meu esconderijo é muito melhor do que vocês caminharem por aí, em meio a tantos perigos. Tenho um aparelho de comunicação NetVision, e ele está em perfeito funcionamento. Já dei as coordenadas daqui para um grupo socorrista, que, a esta altura, já deve estar a caminho.

Todos se entreolharam diante do exposto por Walter. Acompanharam-no e se embrenharam túneis adentro, agora sem nenhuma objeção, por um emaranhado no qual qualquer um se perderia caso não o conhecesse bem.

Ao chegarem ao lugar, um espaço amplo onde havia muita gente suja, devido à poeira que abundava em toda parte, avistaram vários aparelhos de comunicação sobre mesas improvisadas. Fios pendiam do teto; aqui e ali desciam fios de água, e em outros cantos escorria terra, que se desprendia do teto, muito abaixo da superfície.

— Estamos nos preparando para abandonar o lugar, amigos. Depois do incidente, estamos certos de que isto aqui desabará a qualquer momento. Por isso, a pressa da turma.

Eram mais ou menos vinte homens e mulheres. Pareciam saídos de algum filme, de cujo cenário os restos serviram para compor aquele ambiente, distante dos olhos populares.

— Existem outros locais seguros ou mais seguros do que este? — perguntou um dos homens, quebrando o silêncio entre os que haviam seguido o padre.

— É claro que existem outros locais! — exclamou Walter, respondendo a uma indagação de todos os recém-chegados. — Por exemplo, a partir do esgoto de Canal Street, uma rede de túneis se alastra, correspondendo ao curso de um riacho navegado por nativos no passado. Com o crescimento da cidade, esse e outros canais foram encobertos; foi sobre ele que se ergueu a cidade, e, com o passar dos séculos, tais galerias foram relegadas ao esquecimento por parte das autoridades. Poucos as conhecem. Vejam na tela do cubo de comunicação — e apontou um aparelho que mostrava imagens de certos túneis em tempo real.

Uma complexa rede de túneis foi vista na tela suja à frente dos homens. Debaixo de algumas construções, que àquela altura não existiam mais, viam algo que se parecia com um monturo de lixo, talvez jogado da superfície, em lugares cujas paredes e cujo solo, até, eram pichados e grafitados. Recantos obscuros se ramificavam, desciam rumo às profundezas da cidade que acabara de ser destruída e, agora, serviam de morada para grupos de sobreviventes. Estes não eram numerosos, considerando-se a população da megalópole nos idos de 2080.

Os recém-chegados ficaram mais animados com a possibilidade de entrar em contato com aquela gente. Walter convidou-os a se sentarem, e cada um acomodou-se como pôde, enquanto dois deles preferiram auxiliar a equipe que ali trabalhava a fim de desmontar os equipamentos e levantar acampamento.

— Você talvez tivesse razão, Walter! Pensei muitas vezes que você exagerava em suas interpretações das profecias, mas...

— Talvez eu exagere, sim, padre... Mas temos de contar com o fato de que qualquer profecia, sobretudo caso seja sobre a destruição de uma cidade ou de um país, algo que afete decisivamente o mundo, não é uma previsão inapelável. Todo vaticínio é uma espécie de alerta para os envolvidos modificarem a rota; só ocorrerá caso não mudem o modo de agir. Não falo isso no que tange somente ao comportamento em âmbito moral, mas também no que diz respeito à relação com o todo, com o planeta, embora eu não queira endossar a proposta deste ou daquele grupo ligado à ecologia. Refiro-me a um comportamento ético, respeitoso consigo próprio e, por extensão, com o mundo onde se vive.

— Então acha que isso tudo a que assistimos não é produto de uma vingança divina?

— Talvez, padre, seja muito mais consequência das atitudes do homem em relação ao ambiente onde vive. Quem sabe o próprio homem tenha atraído tudo isso para si após negligenciar os alertas e os apelos que recebeu...

— Pelo que sei, muitos profetas falaram deste tempo em que vivemos, Walter. Nostradamus, entre outros exemplos.

— Sob certa ótica, padre, até mesmo a inspiração artística é porta-voz da vida para alertar a humanidade acerca do que pode ocorrer caso não se dê atenção às coisas devidas, a nossa postura, nossa política, nossa forma de fazer de tudo religião e sectarismo, nossa maneira de tratar a vida — a própria vida bem como a do orbe onde habitamos, na medida em que julgamos que tudo no planeta existe em função de nossos caprichos e nossos interesses, exclusivamente.

Talvez, de tempos em tempos, seja necessário que o mundo sofra uma reviravolta a fim de aprendermos ou reaprendermos a ciência da paz, na mais ampla acepção desse termo.

— É verdade! Ainda assim, não entendo quando afirma que até a inspiração artística tem papel análogo ao dos profetas.

Os demais que acompanhavam Orione estavam visivelmente interessados na conversa do padre com o amigo místico.

— Veja bem — retomou Walter. — Não é à toa que tantos filmes, considerando-se somente os produzidos aqui, nos Estados Unidos, têm criado e recriado cenários em que a destruição de Nova Iorque é pano de fundo ou mesmo o eixo central da trama. Desde o lançamento da ficção científica *When Worlds Collide* [*O fim do mundo*], no longínquo 1951, dirigida por Rudolph Maté, observa-se esse fenômeno nas telas. Aliás, uma produção ainda anterior, de 1933, já descrevia a destruição de nossa cidade.[1] De lá para cá, mais de quarenta filmes produzidos ao redor do mundo aca-

1. Cf. "Filmografia". In: PINHEIRO, Robson. Pelo espírito Júlio Verne. *2080*: livro 1. Contagem: Casa dos Espíritos, 2017. p. 274-282.

baram, de certa maneira, por alertar quanto a essa tendência que se desenhava no horizonte. Ninguém pode ignorar que a ideia era largamente ventilada já há bastante tempo. Você, Orione, que é um homem religioso, acredita sinceramente que essa realidade contada e recontada no universo do entretenimento seja obra do acaso? Não creio que pense assim, meu caro. Quanto a mim, estudei o que foi captado por Edgar Cayce, os escritos maias e as palavras do Apocalipse quando se fala da grande cidade onde se prostituíram os reis da Terra, sobre a qual viria, num só dia, a destruição. Para mim está claro se tratar de Nova Iorque. É evidente que pode haver uma interpretação diferente da minha, mas o livro que os cristãos consideram sagrado é claríssimo, na minha opinião.

Pedindo a um dos homens o cristal de comunicação, acessou o livro profético do Novo Testamento.

— Para mim, padre, o capítulo 18 do Apocalipse de João retrata perfeitamente a situação que vivemos agora. Procure ler o texto à luz dos últimos acontecimentos — e antes que o padre relesse o trecho na tela que Walter lhe passara, o amigo fez uma ressalva.

— Perdoe-me, padre, pela ousadia de querer ensiná-lo a interpretar algo que, com certeza, já conhece bem.

Orione resolveu ler a passagem em voz alta, embora ele próprio não comungasse das ideias de Walter, ao menos por ora, e não tivesse opinião formada a respeito.

> *"E clamou fortemente com grande voz, dizendo: Caiu, caiu a grande Babilônia, e se tornou morada de demônios, e coito de todo espírito imundo, e coito de toda ave imunda e odiável. Porque todas as nações beberam do vinho da ira da sua fornicação, e os reis da Terra fornicaram com ela; e os mercadores da Terra se enriqueceram com a abundância de suas delícias."*[2]
>
> *"Portanto, num dia virão as suas pragas, a morte, e o pranto, e a fome; e será queimada no fogo; porque é forte o Senhor Deus que a julga. E os reis da terra, que fornicaram com ela, e viveram em delícias, a chorarão, e sobre ela prantearão, quando virem a fumaça do seu incêndio. Estando de longe pelo temor do seu tormento, dizendo: 'Ai! Ai daquela grande cidade de Babilônia, aquela forte cidade, pois em uma hora veio o seu juízo'.*

2. Ap 18:2-3.

"E sobre ela choram e lamentam os mercadores da Terra; porque ninguém mais compra as suas mercadorias: mercadorias de ouro, e de prata, e de pedras preciosas, e de pérolas, e de linho fino, e de púrpura, e de seda, e de escarlata; e toda a madeira odorífera, e todo o vaso de marfim, e todo o vaso de madeira preciosíssima, de bronze e de ferro, e de mármore; e canela, e perfume, e mirra, e incenso, e vinho, e azeite, e flor de farinha, e trigo, e gado, e ovelhas; e cavalos, e carros, e corpos e almas de homens. E o fruto do desejo da tua alma foi-se de ti; e todas as coisas gostosas e excelentes se foram de ti, e não mais as acharás."[3]

Walter interrompeu a leitura bem nesse ponto do texto e comentou:

— Para mim está nítida aí a citação da bolsa de valores de Nova Iorque, onde são comercializadas, por assim dizer, todas essas mercadorias e muito mais...

Pe. Orione fitou o amigo e logo arrematou o texto, decidido a não continuar por muito mais:

3. Ap 18:8-14.

"Os mercadores destas coisas, que delas se enriqueceram, estarão de longe, pelo temor do seu tormento, chorando e lamentando, e dizendo: 'Ai, ai daquela grande cidade, que estava vestida de linho fino, de púrpura, de escarlata; e adornada com ouro e pedras preciosas e pérolas! Porque numa hora foram assoladas tantas riquezas. E todo piloto, e todo o que navega em naus, e todo marinheiro, e todos os que negociam no mar se puseram de longe; e, vendo a fumaça do seu incêndio, clamaram, dizendo: 'Que cidade é semelhante a esta grande cidade?'. E lançaram pó sobre as suas cabeças, e clamaram, chorando, e lamentando, e dizendo: 'Ai, ai daquela grande cidade, na qual todos os que tinham naus no mar se enriqueceram em razão da sua opulência; porque numa hora foi assolada."[4]

O padre parou nessa parte, enquanto mirava os demais ao seu redor. Resolveu não prosseguir a leitura. A situação era por demais tensa, e aquele não era o momento de falar sobre aquelas coisas — pensou.

4. Ap 18:15-19.

Nem precisou dizer nada, pois Walter comentou:

— Sei, padre! É algo indigesto para se pensar justamente neste momento. É a descrição exata da nossa cidade antes do desastre: a bolsa de valores mais importante, onde se negociam ações de todas as grandes empresas do mundo; até mesmo a menção de que aqui se enriqueceram os reis da Terra, isto é, os poderosos. Para mim, faz-se referência ao montante de dinheiro que é negociado aqui, ou era, antes da catástrofe; um montante diário que se mede por centenas de bilhões de dólares, isso se

considerarmos somente a New York Stock Exchange, a principal bolsa de valores da cidade.

O padre balançou a cabeça em sinal de anuência. Após um minuto de silêncio, Orione pretendeu abordar a preocupação sobre o paradeiro de Michaella com Walter Springs, mas, antes que pudesse falar, receberam outra notícia que foi novo baque para o sacerdote, além de lhe trazer à memória fatos que já havia quase esquecido em meio ao tumulto, concernentes ao motivo original de seu envolvimento com tudo aquilo.

Um dos homens que trabalhavam nos túneis junto com Walter aproximou-se e falou com discrição, num volume baixo, porém alto o suficiente para os outros ouvirem:

— Com licença, Walter — disse o homem, acanhado por interromper. — Recebemos mais um comunicado, dessa vez, direto de Milão. Um dos filhos de Seth caiu sobre Roma, diretamente sobre o Monte Célio, e o comunicado oficial que veio da Itália informou que o pedaço do asteroide, embora pequeno, destruiu completamente a Basílica de São João de Latrão. Além disso...

O Pe. Orione levantou-se de chofre diante da notícia. Que seria agora da Igreja? Como o Santo Padre Pedro II reagiria a tudo isso e onde estaria agora? Somente nesse momento Orione se deu conta de que não sabia do paradeiro do Santo Padre e dos cardeais que o acompanhavam em seu ano de peregrinação pelo mundo.

— Preciso entrar em contato com o Vaticano urgentemente. Por favor, amigo, ceda-me um canal de comunicação — disse Orione, quase implorando a Walter. Caminhou em direção à mesa onde estavam ligados dois aparelhos de cristal de contato WiiLuz.

CAPÍTULO 6
FÊNIX

O ano de 2080 mostrava-se realmente marcante na história mundial. Possivelmente, depois dos acontecimentos vistos ao longo do ano, nenhuma nação permaneceria como antes, e dificilmente se veria quem não incrementasse seu sentimento de solidariedade em relação aos demais pares da espécie humana. Os obstáculos enfrentados pelo mundo fizeram com que até mesmo os homens no poder, à frente dos diversos países, tomassem uma direção rumo à união entre si.

Uma ameaça comum talvez fosse necessária para acalmar muitas das pretensões de poder, inclusive entre os fundamentalistas do Oriente, que, àquela altura, viram-se acuados pelo furor da própria natureza. Muitas de suas bases foram destruídas, pulverizadas, e o mundo vivenciou, poucos dias depois da catástrofe que se abateu sobre o planeta, algo inusitado. Os chefes de milícias e grupos terroristas procuraram as nações mais desenvolvidas, contra as quais lutavam desde muitas décadas, e propuseram a rendição, ou melhor, sem maiores exigências, um cessar-fogo acompanhado da entrega de prisioneiros. Reino Unido, Estados Unidos, França, Alemanha, Rússia e outros países mais receberam pedidos de ajuda de governos e líderes fundamentalistas — algo que nunca se vira na história do planeta.

O mal maior acabou por ter um efeito psicológico e emocional de grandes proporções sobre povos e grupos que disputavam o poder conforme os ditames de uma política desumana e sanguinária. Certa mudança ocorria de forma benéfica, ainda que, por outro lado, a população mundial houvesse sofrido baixas significativas nos últimos dias. Havia dois lados da catástrofe, embora se soubesse que um estado de paz aparente como se desenhava no horizonte pudesse durar, talvez, apenas pouco tempo. Até quando? Ninguém poderia dizer com segurança. Talvez até que aparecesse outro inimigo comum, que ameaçasse a vida do planeta como um todo. Aí, sim — quem sabe? —, os homens se uniriam de vez, por força das circunstâncias...

O Santo Padre Pedro II estava apenas no primeiro ano de seu pontificado quando a desgraça se abateu sobre a humanidade. Até parecia que, tão logo havia subido ao trono de São Pedro, o sinal dos acontecimentos foi dado, e o anjo do Apocalipse saiu voando sobre a Terra para derramar suas taças da ira sobre o mundo. Pedro II estava em viagem à África do Sul, numa visita programada pela corte de cardeais mais próximos, então conhecidos como novos apóstolos. Pretendia renovar a Igreja; talvez por isso mesmo decidira deixar Roma, o Vaticano, e promulgar decretos e encíclicas de onde quer que estivesse, visando às reformas que almejava, ainda que contasse somente com o consentimento dos cardeais-apóstolos que formavam o cortejo dos doze. O Vaticano estava em polvorosa com as ideias heterodoxas de Pedro II. A primeira coisa que chocou os padres foi o fato de trocar a batina por um terno de cor bege-clara, que lembrava, apenas na cor, a antiga indumentária tradicional dos papas. Depois, escolheu a dedo onze cardeais que comungavam das ideias de renovação e que tinham um espírito mais aberto para o gênero de novidade que pretendia introduzir. O antecessor lograra implementar modificações importantes, a começar pelo próprio método de eleição do pontífice, dando abertura a quem viesse depois dele para prosseguir naquela trajetória, pois sabia ser apenas o início.

Assim que o Santo Padre e os onze inauguraram uma catedral na cidade sul-africana de Johannesburg, pretendiam visitar outros países do continente, dando prosseguimento ao programa sabático. Ele não ignorava que, caso permanecessem no Vaticano, dificilmente conseguiriam realizar as mudanças desejadas, além, é claro, de Pedro II sofrer perseguições e correr o risco de encontrar destino semelhante ao do papa anterior. As inovações teriam de ser postas em movimento de fora da cidade dos papas, longe da influência de certos grupos de padres e cardeais que, aliados à máfia italiana, com a qual mantinham estreitos laços, poderiam pôr fim a seus projetos e até à sua vida.

Entretanto, na primeira noite após a inauguração do novo templo na nação meridional, o qual comportava 3 mil pessoas, desceram sobre o mundo os filhos de Seth. Como se tivessem asas, voaram atmosfera abaixo, inflamados com o fogo da destruição. Abateu-se o orgulho dos humanos, dos líderes, de todo o povo, enfim. Seth não perdoou a violência com que fora tratado no espaço, ainda distante da morada dos homens. Pedro II viu-se prostrado por dois dias, sem deixar os próprios aposentos, somente recebendo os cardeais, os onze que o acompanhavam. Procuravam refletir sobre como conduzir a situação da Igreja a partir de acontecimento tão extraordinário.

— Não sei o que fazer, irmãos — era a forma predileta como o novo papa se dirigia aos pares do seleto colegiado de cardeais. — O mundo está em perigo, e o Vaticano não oferece segurança muito maior, tal como qualquer outro lugar.

— Santo Padre! — principiou um dos cardeais, logo interrompido por Pedro II.

— Não falemos entre nós assim, irmão. Não me sinto bem sendo chamado com tamanha deferência, como se fosse alguém especial. Não é hora para cerimônias! Tenho absoluta convicção de que este momento da humanidade veio assinalar, entre tantas coisas, que é hora de a Igreja mudar. Não podemos permanecer sentados longe do povo, que tanto sofre. Também não consigo pensar que, à frente do rebanho de Cristo, devamos viver na opulência e no luxo, de modo exatamente contrário ao que ele pregou e viveu.

— Tem razão, irmão Pedro II — assentiu outro cardeal, que também se apresentava de modo não tradicional; vestindo um terno alinhado, trazia apenas um símbolo na lapela a fim de indicar seu posto cardinalício. — E você escolheu com acerto o colegiado de novos apóstolos. Temos entre nós dois cientistas, um dos quais, um cientista político; há, ainda, um especialista em administração, com larga experiência em gestão econômica. Quanto aos demais, cada um é versado em alguma área do conhecimento que será útil para as reformas que pretende realizar.

— Sim, claro, mas não é somente isso que está em jogo. Não sei se tudo o que temos visto é apenas obra do acaso ou se se trata de algum prenúncio, uma espécie de alerta para que a humanidade possa modificar sua rota. Por ora, sei, apenas, que não me sinto à vontade para retornar ao Vaticano, ao menos por enquanto.

— Nem poderia fazer tal coisa, caro irmão. Considere as ameaças recebidas diretamente da máfia e de

alguns cardeais desde quando o senhor propôs acabar com o Banco do Vaticano e abrir o sistema financeiro da Santa Sé à concorrência privada e à governança corporativa. Além do mais, conforme o cardeal Duncan nos disse, Roma, e não somente o Vaticano, está em plena confusão. Diante dos fenômenos mundiais, a cidade está muito mais tumultuada que de hábito; ele chegou a falar em um aumento de mais de quatro vezes no número de pessoas circulando — todas ávidas pela presença do santo papa, é evidente. Portanto, voltar à Santa Sé e interromper a peregrinação do ano sabático seria um erro estratégico imenso; ficaria muito vulnerável aos ataques de grupos que querem impedir as mudanças iniciadas em seu pontificado.

Pedro II caminhava consternado e abatido pelo apartamento onde se hospedava, em um hotel na capital da África do Sul. Ainda não sabia o que fazer nem mesmo como se pronunciar diante de acontecimentos tão drásticos e dramáticos como os que se abateram sobre a Terra.

— Só tenho uma certeza absoluta, amigos e irmãos apóstolos do novo tempo: não podemos interromper o projeto de renovação de forma nenhuma. Tenho certeza de que não viverei o suficiente para fazer todas as mudanças necessárias, mas o bastante para desencadear aquelas mais estruturais e intestinas no seio da Igreja.

— Caro papa, há mais um fator que nos impede de regressar a Roma.

— E qual é esse fator, irmão? Algo mais ainda? O rebanho de Deus chora e precisa de ajuda e consolo urgentes.

— Sabemos disso, senhor, sabemos disso. Mas ocorreu outro incidente no Vaticano...

Pedro II parou o percurso que descrevia no quarto enquanto conversava com os onze. Olhou o cardeal nos olhos, à espera de uma revelação menos dramática ou desastrosa. A apreensão sentia-se no ar.

— Desculpe ser porta-voz de tal notícia numa hora em que seu estado de espírito, como o de muitos de nós, está visivelmente abatido. Um dos pedaços do asteroide caiu sobre o Monte Célio. Além da catedral de São João de Latrão, soubemos, pelo cardeal Duncan, que o palácio papal também foi severamente atingido. Os cardeais estão ocupados em resgatar o acervo de obras de arte, estatuária e toda documentação possível. Principalmente por isso, a meu ver, a volta ao Vaticano precisa ser descartada imediatamente.

O papa caiu na primeira poltrona que encontrou à sua frente. Logo começou a tremer de frio, pois uma febre repentina se instalou, por certo devido aos abalos das últimas horas. Mesmo assim, recusou ajuda médica e, vestindo um sobretudo, quis ficar a sós por uns momentos a fim de rezar. Queria pedir inspiração diretamente a São Pedro.

Os demais o deixaram só, porém, reuniram-se noutra suíte, ocupada por um deles. Lá conversaram abertamente sobre as providências a serem tomadas.

— Acredito que entre os locais aonde não poderemos ir estejam exatamente os países do bloco norte, principalmente os Estados Unidos. As coisas por lá estão mais complexas do que em outras nações afetadas — falou o cardeal responsável por assuntos estratégicos e diplomáticos.

— De acordo. Em minha opinião, temos opções melhores como destino de Sua Santidade — aquiesceu outro entre eles.

— Não consigo imaginar um local seguro neste momento, irmãos. Segurança é exatamente o que não existe agora no planeta. Segundo interpreto, vivemos o apocalipse — comentou um integrante do colegiado de novos apóstolos.

— Bem... — retomou aquele que principiara o assunto. — Por mais que saibamos das dificuldades enfrentadas em várias partes do mundo, felizmente nem todas foram atingidas em cheio pelos filhos de Seth, como os cientistas têm chamado os pedaços do asteroide. Consigo vislumbrar alguns países que devem ser considerados a fim de que o Santo Padre e nossa comitiva possam se abrigar temporariamente, até as coisas se acalmarem.

— Diga, então, já que, pelo jeito, você teve mais serenidade para analisar a situação. Acredito que seja o mais indicado para nos falar a respeito, pois nenhum de nós sequer considerou, em tão pouco tempo, a necessidade de nos abrigarmos fora do Vaticano.

— Enquanto chegavam as notícias da NetCosmic, eu as ouvia e marcava no mapa os locais afetados de forma direta, tanto quanto aqueles que sofreram tão somente repercussão na forma de terremotos, maremotos e outros fenômenos decorrentes da chegada de Seth. Fiquei acordado desde então e ainda não consegui dormir, em busca do melhor local para nós, onde nosso irmão Pedro II possa dar continuidade aos projetos de reforma da Igreja. São três os países que me chamaram a atenção, embora eu esteja mais inclinado para um deles.

Notava-se certa tensão no ar, pois nenhum dos clérigos havia pensado num recurso como aquele que o cardeal Bennet propunha.

— Pensei, inicialmente, na Suíça, que oferece uma qualidade de vida acima da média mundial, embora não seja formada por gente religiosa. Depois, na nova Rússia, na qual o número de cristãos aumenta a cada dia, especialmente na cidade de São Petersburgo. Também pensei no Brasil, onde, apesar do governo neopentecostal da atualidade, está a maior nação católica do mundo.

Todos responderam em uníssono:

— Brasil, é claro!

O cardeal Bennet esboçou um sorriso, pois chegara à mesma conclusão dos demais.

— Pois bem, irmãos cardeais do novo colégio apostólico, todos pensamos e escolhemos por unanimidade! Para mim, é a prova de que estamos inspirados pelo Espírito Santo. Assim que nosso irmão Pedro II nos der uma chance, lhe apresentaremos a ideia.

— Tenho uma ponderação a fazer, eminências — disse o cardeal Dominic, tomando a palavra. — Acredito que devamos nos transferir para o Brasil em caráter temporário, não obstante, diante do governo brasileiro e do número expressivo de evangélicos neopentecostais, que aumentou de modo impressionante nos últimos anos, em que cidade será mais indicado nos fixarmos sem que o Santo Padre sofra os insultos de radicais contrários à Igreja ou ao seu pontificado?

— Avaliei esse ponto também — tornou Bennet. — Cheguei à conclusão de que o melhor lugar é a cidade chamada Aparecida, onde está o maior santuário católico do Brasil. Trata-se de um polo de fé, que atrai a maior concentração de fiéis em romaria no país. Além do mais, acredito que a presença do Santo Padre será uma bênção para aquela nação. Vejo a mão de

Deus por trás da ideia. Assim como nós precisamos do Brasil neste momento, o Brasil precisa da presença de Pedro II para algo que ainda estamos longe de saber.

— Tenho certeza de que o Espírito de Deus nos guia com sua mão abençoada — afirmou um dos cardeais.

— Amigo e irmão, neste momento tudo de que precisamos está além de uma bênção; precisamos, mesmo, de um milagre.

Pouco mais tarde, o cardeal Duncan se dirigia quase aos berros a um dos doze da comitiva apostólica:

— O pontífice não pode voltar por ora! Pedro II não pode regressar a Roma de forma nenhuma. Procurem prolongar sua peregrinação, pois aqui está muito confuso, e o povo, nas ruas, está cada vez mais agitado.

— Não se preocupe, eminência; já encontramos um local aonde o santíssimo padre poderá ir juntamente conosco. Assim que tivermos a decisão dele, anunciaremos ao Vaticano.

— Desculpe-me, cardeal Dominic. Perdoe-me a exaltação, mas tudo aqui está fervilhando...

— Não se preocupe! Sabemos como as coisas estão por aí — e desligou a chamada, fazendo desaparecer a imagem holográfica de Duncan, que estava às voltas com o trabalho de reorganizar a vida na

Santa Sé. Voltando-se a seus pares do colegiado apostólico, sentenciou:

— As coisas realmente estão saindo do controle. Pedro II precisa tomar logo a decisão sobre a nossa ida para o Brasil.

Assim que o sumo pontífice deixou o apartamento, no hotel onde estavam todos hospedados, encontrou os onze à sua espera. Pedro II notou os semblantes preocupados. Como se já não bastassem os desafios em todo o mundo católico, tanto quanto aqueles que ele próprio trouxera à tona na Santa Sé, na tentativa de reformar a Igreja, agora o mundo entrava em colapso. O Santo Padre adentrou devagar a sala de estar da ampla suíte onde se reuniam e perguntou:

— Pois bem, senhores novos apóstolos, que têm para mim agora? Que notícia me trazem desta vez?

Pedro estava visivelmente abatido. Ele era um homem de pouco mais de 50 anos de idade, um dos papas mais jovens em muito tempo; resultado, é claro, das mudanças realizadas pelo seu antecessor, que permitia que cardeais mais jovens pudessem assumir o trono de São Pedro.

— Senhor, precisamos conversar.

— Já estamos conversando, irmão. Estou preparado para o que vier. Não sei é se a cristandade está preparada para nossas decisões.

— Reunimo-nos enquanto o senhor rezava.

— E...? — Pedro tinha um espírito impetuoso e não se furtava aos embates espirituais, psicológicos ou emocionais. Mesmo os de natureza política e administrativa, ele os enfrentava com a denotada disposição de um guerreiro.

— Chegamos à conclusão definitiva, sobretudo depois de conversarmos com o cardeal Duncan, no Vaticano, de que não podemos retornar a Roma, à sede do poder papal.

— Mas que poder, meu irmão? O mundo mudou para sempre. Não é nem será mais o mesmo. Acredito que nosso conceito de poder, inclusive da Igreja, precisa ser urgentemente revisto. Mas diga: a que conclusão chegaram?

— Depois de analisarmos diversas alternativas...

— Diversas? Então houve outras? — interrompeu Pedro II, ironizando o comentário do colega a fim de descontrair o ambiente.

— É verdade: encontramos bem poucas alternativas. Quando fomos analisar todas elas, rapidamente chegamos exatamente à mesma conclusão.

— Ou seja, concluíram que devemos ir para o Brasil, correto?

Os cardeais se entreolharam, assustados pelo fato de o Santo Padre já saber da recomendação dos onze.

— Meus irmãos — explicou o pontífice —, rezei muito e pedi a inspiração de São Pedro e dos apóstolos. Como foram eles que fundaram o cristianismo, apesar das grandes mudanças que fizemos ao longo dos dois milênios que nos separam dos fundadores da Igreja, acredito que eles não nos abandonarão. Tenho sonhado de forma recorrente com São Pedro me mostrando uma terra marcada pelo cruzeiro, pela cruz de Nosso Senhor. Não posso interpretar como outro lugar senão o Brasil, também por causa de outros fatores. Devemos ter cuidado, porém, pois o povo brasileiro tem grande coração, mas é muito místico. Nossa presença no Brasil pode adquirir certos contornos ou significados para os cristãos de lá que nos exigirão prudência.

Ainda estupefatos quanto à convergência de opiniões, os cardeais não sabiam ao certo o que dizer, pois a argumentação que elaboraram se tornara desnecessária. Foi o cardeal Bennet quem ousou perguntar a Sua Santidade:

— O senhor chegou exatamente à mesma conclusão que nós. Graças a Deus! Temos, assim, a confirmação de que a ideia foi inspirada; os doze pensamos em igual solução. Quanto à ponderação levantada, acha que podemos fazer algo para amenizar a situação? Há alguma providência a tomar antes de nos dirigirmos para o Brasil, além dos trâmites habituais que realizamos quando visitamos outras nações em peregrinação?

— Por certo essa não é uma decisão corriqueira, simples de se levar adiante, ainda que o Espírito Santo

esteja nos inspirando, como acredito piamente. Para os padres, os bispos e toda a estrutura eclesiástica no Brasil, as coisas não tendem a ser fáceis. Imaginem nossa presença mais ou menos duradoura no momento político em que se encontram, tentando contornar ou conviver com um governo neopentecostal de pretensões autoritárias. Naquele país ainda há representantes de outros ramos do cristianismo que tampouco concordam com os rumos da política nacional. Se formos para lá, como tudo indica, nossa presença poderá estimular a multidão a reivindicar a mudança do regime atual. Então, trata-se de uma decisão que precisa ser pensada em conjunto com os bispos brasileiros.

Pedro II tinha razão no que ponderava, e os cardeais concordaram com ele. Estabeleceriam contato com o cardeal Duncan, e este levaria a cabo, com sua equipe, a conversa com o conselho dos bispos do país. Somente depois o papa deveria se transferir temporariamente para o Brasil, mas era imperioso cumprir todas as regras e os ritos da diplomacia eclesiástica.

O cardeal Duncan, mestre em negócios e em fazer tratados políticos entre diversas nações envolvendo os interesses da Santa Sé, fez contato com a sede da Igreja no Brasil e pediu que albergassem o Papa Pedro II e sua comitiva apostólica. Depois de alguns preparativos, todos entenderam que não seria proveitoso esperar muito tempo. Dias depois, em uma solenidade necessariamente simples — conforme exigência do próprio Pedro II —, foram recebidos pelos bispos do país. Grande euforia tomou conta da nação, como era de se esperar. Quando ficou sabendo que o colegiado papal se estabeleceria na cidade paulista, ainda que em caráter temporário, a multidão de católicos saiu às ruas comemorando. Era a maior honra que poderia ser concedida ao povo brasileiro, justamente no momento em que havia um movimento para revolucionar a política nacional. Conforme previsto, a presença do papa acabaria por incentivar a população a reivindicar, perante o Congresso e seus representantes, as pautas que julgava necessárias, visando que a nação deixasse a situação complexa em que se encontrava, a começar pelo fim das perseguições religiosas contra os adversários do presidente e da bancada que o apoiava no Congresso Nacional.

Pedro II recusou-se, a princípio, a sair em meio ao povo, recolhendo-se para orar. Com a tradição católica tão arraigada à cena nacional, o papa chocou a multidão dias depois ao se recusar a usar os paramentos convencionais do papado; vestia, como já era seu costume, um terno claro. Quando resolveu aparecer, tratou de estabelecer sólida aliança com representantes de igrejas evangélicas tradicionais e de religiões de origem afro, além de médiuns e líderes espirituais que empreendiam qualquer obra que fosse em benefício do povo. Pedro II revolucionou completamente os protocolos da Igreja, jogando por terra a ideia de uma única igreja pertencente a Deus. Foi a primeira vez que um papa fez algo naquele nível.

A atitude ecumênica, encurtando as distâncias entre as religiões cristãs e mesmo as não cristãs, foi um duro golpe enfrentado pelo partido gospel e acabaria por decidir o futuro do país nas eleições seguintes. Pedro II revolucionou tudo com seu jeito mais humano e mais próximo do povo. Todos que esperavam que ele continuasse com a tradição dos papas romanos, enfim, reconheceram que nenhum antes dele conseguira aliciar tamanho apoio, tanto de católicos quanto de protestantes e representantes de outras denominações. Ao discursar, o novo pontífice não concentrava sobre ele próprio as atenções da mídia e da população; citava regularmente o nome dos cardeais que compunham seu séquito, o colegiado de novos apóstolos, ora igualmente radicados em Aparecida.

A partir de então, católicos do mundo inteiro passaram a se dirigir ao Brasil, e Roma, gradativamente, esvaziou-se da multidão que lotava as ruas, aumentando as tensões e até mesmo a poluição, que já era gravíssima, apesar dos modernos equipamentos de purificação do ar. As consequências para o povo brasileiro foram benéficas, em médio prazo. Pedro II, desde que inaugurara seu pontificado, o fizera destituído de pompa, de luxo ou de qualquer simbologia que lembrasse os antigos papas ou imperadores romanos. Os noticiários da NetCosmic em todo o mundo falavam da decisão do líder máximo da Igreja Católica de mudar-se para o país tropical. De certa forma, a novidade desviou a atenção dos acontecimentos terríveis de semanas antes.

Como era de se imaginar, a presença do papa no Brasil produziu efeitos em pouco tempo. Gradualmente, enfraquecia o poderio do governo gospel, que perdia mais e mais apoio político e popular. Uma onda de religiosidade, de romarias, procissões e manifestações de caráter majoritariamente católico, mas não só, via-se surgir em todo o país. O poder gospel não conseguia fazer frente à multidão de fiéis. Aliás, ninguém conseguiria enfrentar o poder da fé inspirado e instaurado pela mais antiga organização religiosa do mundo. O governo brasileiro ou as instituições ligadas a ele, que haviam adquirido controle de quase todas as cadeias de comunicação do país, pouco a pouco as perderam, uma a uma. Assistiu-se a um fenômeno reverso: vagas de católicos convertidos ao mundo gospel retornavam à Igreja antiga, devido à presença do papa de Roma, agora radicado em Aparecida, e ao seu carisma único, que inspirava tanta renovação.

— Santo Padre, sua presença, neste momento, em nossa nação é uma dádiva dos céus. O povo já havia perdido a fé tanto nos homens de poder, os políticos, quanto na religião. Agora, depois que um novo líder surgiu em nosso país, o colegiado apostólico resolveu estabelecer uma base em nosso território — comentou um dos bispos do país.

— Sei disso, meu irmão — falava o novo papa, tentando de alguma maneira encerrar a conversa e ficar a sós com os onze cardeais.

Quando enfim conseguiu, Pedro II os chamou e pediu a ajuda de todos:

— Irmãos, pretendo dar prosseguimento aos ajustes dentro da Igreja, mas, para isso, preciso que estejam certos de que querem me apoiar e fazer parte dessa missão, que pode ser bastante dolorosa.

— Estamos cientes de que o caminho não será fácil — afirmou um dos cardeais.

— Desde que me recolhi para rezar, quando ainda estávamos na África do Sul, pouco antes de nos mudarmos para o Brasil, venho tendo sonhos com os sagrados apóstolos, como já comentei. Hoje, mais do que nunca, tenho certeza de que é necessário efetuar mudanças ainda mais profundas do que essas que temos feito até aqui. A Igreja precisa retornar à prática do "primeiro amor", nas palavras do Apocalipse.

— O que isso quer dizer, caro irmão? — assim, o novo papa gostava de ser chamado. Detestava que o tratassem por Vossa Santidade, conforme rezava a tradição. Ele não se considerava nenhum ser especial ou privilegiado.

— Já fiz algumas anotações e quero que as examinem. A primeira delas revolucionará a Santa Sé de maneira tão profunda que não sei, sinceramente, se não correremos risco de morte, mesmo aqui, num país distante.

Todos olharam para Pedro II, esperando ouvir a proposta controvertida.

— Defendo que a Igreja, neste momento de dor pelo qual passa a humanidade, deva empregar parte significativa das riquezas acumuladas ao longo da história no socorro aos pobres. Para isso, é necessário vender o patrimônio ou encontrar um jeito de colocar à disposição dessas pessoas valores correspondentes, assegurando-nos, é claro, de que o montante não caia na mão de governos corruptos e de aproveitadores.

A notícia pegou a todos de surpresa, mesmo entre os onze. Jamais imaginaram que Pedro II ousaria tanto. Ele falava de uma cirurgia dolorosa no seio da Igreja.

— Não é tudo, irmãos. Pretendo editar nova encíclica, que deve ser assinada por todos nós, e não somente por mim, retirando privilégios descabidos de bispos e cardeais e de todos aqueles que drenam recursos da Santa Sé em nome da religião.

O cardeal Gardner caiu sobre a poltrona, estático, ao ouvir a ideia do papa. O Vaticano não receberia nada bem a ideia, e isso levaria a máfia a se manifestar. Pedro II estava certo em seus temores: todos ali correriam perigo, inclusive ele, o papa, embora estivessem no Brasil.

— A Igreja não pode mais ignorar os tempos de crise atuais, que são de âmbito planetário — continuou a falar o pontífice, notando como os cardeais se empalideciam, um a um.

Entre os onze, apenas o cardeal Lorenzo esboçou um sorriso largo, muito embora não ignorasse os perigos de uma empreitada de tal proporção. O Vaticano deveria abrir mão de obras de arte seculares, de relíquias de valor inestimável, de boa parte das riquezas e de tudo o que fosse ostentação, algo nunca antes pensado e que jamais seria aprovado pela maioria dos cardeais, principalmente porque muitos deles viviam uma vida nababesca, bancada pelas economias do Vaticano ou proporcionada por meios ilícitos. O novo pontífice parecia ressuscitar o espírito de Pedro, a vocação do primeiro apóstolo, tantos séculos depois.

ENTREMENTES, MICHAELLA conversava com sua amiga Hadassa:

— Não podemos mais ficar aqui. Temos de ir a Nova Iorque e auxiliar da maneira que for possível. O risco de morte já foi afastado, e detemos condições de mobilizar recursos dos agentes dos guardiões para ajudar a cidade. Não me conformo em ficar aqui com as mãos atadas, aguardando ordens de não sei quem.

— Mas não temos como ir, Michaella. Os aeroportos estão fechados para pouso e decolagem. O mesmo se observa em todas as cidades e regiões afetadas ao redor do mundo — argumentou Hadassa, pensando em como deixar Phoenix.

Michaella refletiu um pouco e logo exprimiu a ideia:

— Podemos arrumar um furgão ou veículo similar e ir por terra. São 4.000km, mas aqui, no Arizona, é que não podemos ficar de forma alguma. Ajudar a humanidade permanecendo parado, meditando ou rezando não faz o meu estilo. Temos de nos movimentar e agir. É para isso que nosso colegiado foi criado, e pretendo honrar nossa missão, sem me furtar ao campo de trabalho e às batalhas.

A líder dos novos homens não concebia permanecer impassível nem por um momento a mais. Sem titubear, ordenou:

— Reúna todos que aqui estão. Vamos partir! — falou para Yuri, moscovita que tinha a habilidade de modificar metais nos quais se concentrava. — Levem apenas os quites de sobrevivência. Vou sair e procurar um veículo que comporte todos nós.

Yuri foi atrás dos demais. Em menos de duas horas, Michaella voltou, na companhia de Hadassa, que conduzia um veículo onde caberiam facilmente os quinze novos homens reunidos ali. Com o caos econômico gerado pela catástrofe, não foi difícil achar um veículo a preço razoável.

Embora as estradas estivessem em bom estado, ao se aproximarem da costa leste, notaram que havia muitos lugares severamente afetados pelo asteroide. Já quase chegando, avistaram uma movimentação que não saberiam definir. Somente ao penetrarem os arredores de Nova Iorque perceberam que eram as forças armadas, presentes por todo lado.

— É impossível entrar na cidade — comentou e

suspirou Hel-Eliot, o hipno e manipulador mental.

Todos se entreolharam desanimados.

— Afinal, rodamos mais de 4.000km para não conseguirmos nada? Podemos fazer alguma coisa com esses sujeitos de uniforme... — falou Ellieth, cuja habilidade era influenciar a mente das pessoas sobre as quais ela fixava os olhos, a fim de que passassem despercebidos, por exemplo.

— Guarde as habilidades para a hora certa. Podemos lançar mão de outros métodos, pois sabemos como o uso de nossas habilidades nos desgasta. Uma vez dentro da cidade, teremos trabalho em abundância.

Nova Iorque era uma das cidades mais importantes do mundo. Naturalmente, o contexto exigia que os militares ficassem de prontidão e isolassem a área. Michaella permaneceu no furgão, enquanto Hadassa, que não era procurada, interpelou um dos guardas. Queria informações sobre como entrar na cidade em ruínas.

— Com licença! Tenho parentes que moram em Nova Iorque. Como faço para saber de seu paradeiro? Talvez... — nem terminou de falar. O soldado foi um tanto ríspido, talvez porque centenas de pessoas já lhe tivessem feito o mesmo tipo de pergunta naquele dia.

— É impossível alguém entrar, minha senhora. Temos ordens de não permitir o ingresso de ninguém, a não ser de equipes de ajuda humanitária, como Cruz Vermelha, Cruz Verde, Médicos Sem Fronteiras e outros mais — encerrou ali mesmo a conversa.

Hadassa retornou para o carro pensando numa maneira de entrar na cidade. Somente quando ela se aproximou dos companheiros foi que alguém deu uma ideia, a partir de seu relato:

— Que tal fazermos contato com um dos grupos cuja criação incentivamos a fim de auxiliar nos momentos de crise mundial? Aposto que alguns deles estão na Califórnia, mas outros se deslocaram para cá — falou Dreiil Locan.

A visão da cidade inspirava tremendo desconforto. Avistavam-se escombros e mais escombros e, ao longe, algo quebrado que lembrava a Estátua da Liberdade. Todos sentiram o clima de desolação e apreensão que havia no ar. Não era fácil olhar para aquilo tudo e saber que, poucos dias antes, aquele local era povoado por mais de 15 milhões de habitantes, sem falar na quantidade de pessoas que passavam por lá todos os dias, entre turistas e trabalhadores que moravam fora da cidade. Dreiil engoliu seco ao olhar o que restava da grande metrópole. Helicópteros e carros voadores sobrevoavam o lugar o tempo todo.

— Temos algum equipamento de comunicação WiiLuz conosco? — perguntou Michaella.

— E você acha que eu iria me esquecer de um brinquedo tão importante como esse? — respondeu Yuri.

— Que ótimo! Locan está certo: devemos contatar algum grupo conhecido. Com certeza alguém nos dará informações sobre como romper a barreira militar.

Yuri e Verônica trataram de montar o equipamento ali mesmo, dentro do veículo que os trouxera por cerca de 4.000km. Demorou uns 15 minutos até que estivesse pronto. Depois de chamar Michaella, ligaram o equipamento.

— Insira meu código pessoal, Yuri. Quem sabe encontro alguém com quem possa me comunicar... — disse Michaella, ansiosa.

— Creio que seja melhor que todos nós insiramos nossos algoritmos, assim, aumentaremos as chances de localizar alguma pessoa que nos auxilie.

Michaella concordou. Todos procederam à identificação no aparelho WiiLuz da NetCosmic. Para isso, bastava aproximar o braço direito, onde estava implantado um microchip com os dados pessoais de cada um. Foi tudo muito rápido. Todo cuidado se justificava para que os militares não descobrissem que tinham um aparelho com tamanha potência. Assim que Yuri ligou o dispositivo, fez uma varredura em todos os espectros de onda possíveis. Em primeiro lugar, ouviram-se um som seco, como se algo estivesse se quebrando, e uma voz, antes mesmo que uma imagem se estabilizasse.

— Michaella, Michaella! Sou eu, Dr. Willany! Responda! Encontrei agora sua identidade energética na NetCosmic. Por favor, responda! Aqui é Dr. Willany.

Michaella sobressaltou-se ao ouvir a voz do amigo, que, tal como ela, fora feito prisioneiro antes de tudo acontecer.

— Willany, meu amigo, por onde anda?

— Estou num *bunker* nos arredores de Moscou. E você? O que faz nessas coordenadas próximo a Nova Iorque? Saia daí, Michaella! O local está cercado por forças de segurança; pode ser capturada...

— Dr. Willany, preciso de ajuda. O senhor conhece alguém envolvido com o serviço de socorro à cidade destruída? Meus amigos e eu queremos entrar, mas tudo está vigiado, todos os acessos, sem exceção.

— Vou tentar meus contatos por aqui, Michaella, mas acho que vocês estão loucos. Fujam daí enquanto podem!

— Jamais um guardião foge ao serviço, Dr. Willany. Jamais!...

Depois de algum tempo em silêncio, enquanto tentavam outros contatos, Willany novamente apareceu:

— Está aí em seu cristal o número de identificação de uns amigos da Cruz Vermelha americana. Tenho certeza de que estão dentro da cidade ou em meio aos escombros.

— Obrigada, Willany. Não tenho tempo para mais nada agora. Depois farei contato.

— Michaella, Michaella, não desligue agora! Procuro você há um bom tempo. Tenho notícias urgentes.

— Nada de mais urgência, doutor. Por ora, o que temos aqui basta.

— Vou enviar por escrito à sua tela de arquivos. Dê uma olhada com a máxima agilidade possível. Você entenderá logo do que se trata.

Mal falou e Michaella já havia desligado, sem dar importância às últimas palavras do cientista, tampouco ao conteúdo transferido à tela de mensagens.

Não demorou muito para que Michaella conseguisse contato com o grupo da Cruz Vermelha e obtivesse informações preciosas. Descobriu que não era possível entrar e circular na cidade sem portar um dispositivo em forma de pulseira para fins de identificação.

— Eu posso conseguir os dispositivos — apresentou-se Hel-Eliot.

— Você teria de tomar muito cuidado, amigo. Os militares são espertos — advertiu Hadassa.

— Eu irei também — prontificou-se Ellieth.

— Tenham cuidado. Jamais podem desconfiar que os novos homens estão por aqui.

— Vamos aproveitar enquanto chegam tantos veículos em busca de notícias a respeito de parentes e amigos. Como os carros têm de ficar ao longe e quem quer informações precisa ir a pé até os militares, nos misturaremos às pessoas.

Assim fizeram, aproveitando um grupo de onze pessoas que iam em direção ao cerco feito pelos militares. Ambos os enviados estavam preparados para usar suas habilidades e conseguir as pulseiras. Quando eles se aproximaram dos soldados, uma mulher chorava copiosamente. Hel-Eliot usou suas paracapacidades enquanto um homem falava com o soldado, que lhe atendia rispidamente. Imiscuiu-se em sua mente e conseguiu descobrir o que desejava; fez com que ele, sem querer, pensasse no local onde estavam guardadas as tais pulseiras de identificação. Foi o suficiente para que Hel-Eliot transmitisse a informação a Ellieth, a qual também se fixou sobre aquele soldado e mais três que estavam em frente a um carro antigo, que mais parecia um tanque de guerra, de tão grande e bizarra sua aparência. Ela fitou os homens, um a um, em seus olhos, de maneira que pudesse penetrar fundo em suas mentes. Usou daquilo que sabia fazer muito bem. Em segundos, apenas, nenhum deles via a mulher, que se esgueirava por entre o grupo e

caminhava em direção ao veículo onde se guardavam os artefatos de identificação. Cinco minutos foram o bastante. Ellieth saiu antes do grupo, sem ser vista por nenhum dos soldados, carregando quinze pulseiras consigo.

Quando eles regressaram ao veículo onde estavam os novos humanos, cada qual recebeu a sua. Mas havia outro desafio: a pulseira não garantia que eles entrassem, somente que pudessem se locomover na cidade caso conseguissem autorização para adentrar o perímetro. Tendo isso em vista, Michaella acionou novamente o equipamento WiiLuz, aproveitando que ainda não haviam sido descobertos pelos militares.

Enquanto isso, o furgão dos novos homens deu partida e saiu lentamente da vista dos soldados, abrigando-se num local próximo à rodovia. Não pretendiam ir muito longe, queriam tão somente ficar fora da visão das autoridades. Mesmo usando rodas, como os carros mais antigos, aquele modelo de furgão podia pairar — a, no máximo, 30cm do solo.

Com a ajuda de Dreiil, Michaella logo conseguiu entrar em contato com o padre Matheus, no Brasil.

— Matheus, pelo amor de Deus, quero falar com Orione. É urgente! Chame-o para mim, por favor!

— Orione? Ele não está no Brasil, Michaella. Logo que você saiu para a conferência e não deu mais notícias, ele foi para Nova Iorque à sua procura.

Michaella ficou chocada.

— À minha procura? Mas vocês ficaram sabendo do que aconteceu aqui na cidade? Por que ele viria nesta situação?

— Orione foi para Nova Iorque bem antes dos acontecimentos com o asteroide. Na verdade, Michaella, como você demorou a dar notícias e não tínhamos como saber o que se passava, Orione fez contato com um amigo dele na cidade a fim de tentarem localizá-la.

— Meu Deus! Que burrice tremenda! E, agora, provavelmente já deve estar morto junto com toda aquela gente...

Nem ouviu mais as notícias que Matheus pretendia lhe dar. Ficou parada ali, à frente do equipamento, sem falar nada. Quase em choque, Michaella temia que seu amado tivesse sucumbido em meio à tormenta que desabara sobre a cidade. Yuri tomou a iniciativa de continuar a conversa com o padre Matheus:

— Desculpe, padre, sou Yuri e, neste momento, Michaella não tem condições de continuar a conversa com o senhor. Voltaremos a nos falar mais tarde. Estamos nas imediações da cidade e precisamos entrar. Mais tarde o chamaremos.

— Por favor, Yuri, tentem localizar Orione. Tenho certeza de que ele não morreu.

— Faremos o possível, padre, faremos o possível...

Michaella sentou-se dentro do furgão com a cabeça cheia de mil pensamentos. Lágrimas desceram sobre sua face enquanto a imagem de Orione alimentava-a de esperanças ainda. Não desistiria. Com muito custo, conseguiu falar:

— Assim como ficamos sabendo que existem sobreviventes, talvez encontremos Orione. Sei que encontrá-lo deve ser como encontrar uma agulha num palheiro, mas não desistirei. Nunca!

DENTRO DA CIDADE, Orione e os homens que o acompanhavam, juntamente com Walter, notaram que um grupo de soldados vinha em sua direção, justamente no local onde este marcara o encontro entre ambos os grupos. Via NetVision, Walter conseguira contatar os soldados e um grupo socorrista. Agora, o momento chegara, quando poderia se sentir a salvo.

— Felizmente vocês chegaram.

— Tem conhecimento de mais gente que tenha sobrevivido, senhor? — perguntou um dos guardas.

— Sim! Há alguns feridos que não tivemos como trazer para a superfície. O percurso dentro dos túneis é muito longo e íngreme. Precisarão de macas. Lá encontrarão alguns engenheiros, dois médicos e uma enfermeira. Os demais são três homens que não conseguem falar. Estão em choque. Fizemos o possível.

— Obrigado pela informação, senhor! — respondeu o soldado, chamando outros para auxiliar.

— A trilha pelos túneis está demarcada com tintas vermelha e verde. Sigam a marca vermelha e chegarão até eles.

— Sim, senhor! — ouviu de um dos homens que desceram com equipamentos de resgate túnel adentro.

O grupo de homens com Orione foi levado de helicóptero para outro local, onde receberiam comida decente e água. Ao sobrevoarem a cidade até o destino, puderam mensurar a enorme destruição provocada pelo pedaço do asteroide. Inúmeros prédios desabados, semidestruídos; a torre do prédio mais alto de Nova Iorque havia tombado inteiramente, tendo sido quebrada a sua ponta superior, enquanto o resto do edifício pendia, rachado sobre outro que fora reduzido a escombros. A Estátua da Liberdade havia sido dividida ao meio; parte caíra sobre a ilha homônima, e parte, sobre as águas da Upper Bay, onde se achavam muitos destroços.

— É bom que não olhem para fora — disse o piloto do helicóptero a certa altura. — Ninguém consegue ver isso sem chorar — e falava com a voz embargada.

Os homens acataram a recomendação, pois o que viram até ali já era suficiente para que ficassem com a mente impressionada durante longos anos, devido àquelas imagens de destruição. Em nome do equilíbrio psicológico, convinha que não olhassem mais.

Ao mesmo tempo, Orione não deixava de pensar em Michaella, que, segundo imaginava, poderia estar em qualquer lugar naquele monte de entulhos, viva ou morta. Ele nada sabia, apenas alimentava esperanças sobre a possibilidade de encontrá-la.

Assim que o helicóptero pousou, foram atendidos numa barraca improvisada ali mesmo, em meio a escombros. Orione procurou um dos médicos que conversava com os soldados.

— Queria muito me oferecer para ajudar nos resgates. Vim de um local onde encontrei várias pessoas à espera de socorro. Não sei quantas são, mas posso auxiliar na localização de muitos sobreviventes.

— Você tem alguma habilidade em atividades dessa natureza? — perguntou o médico.

— Sou padre e vim enviado do Vaticano para pesquisar sobre os acontecimentos mundiais que ocorreram antes da catástrofe. Em meus estudos, especializei-me em prestar socorros de emergência.

— Está contratado! — falou o soldado, sem mais prolongar a conversa. — Precisamos do máximo de pessoas disponíveis com algum conhecimento sobre socorro a feridos. Seja bem-vindo, padre!

— Orione! — apresentou-se automaticamente.

— Mãos à obra! Prepare-se para sair no próximo comboio.

Orione foi atendido ali mesmo e teve sua ferida cuidada, sendo que já nem sentia mais nada em relação a ela.

— Só não podemos fazer nada, por ora, em relação a esse seu dente quebrado.

Foi então que Orione tocou de leve o dente, pois também já havia se esquecido dele. Mas sua memória não esquecera o amigo Patrick, que o defendera em diversas situações. Olhando para o médico, Orione ainda falou:

— Temos de ter cuidado, doutor. Encontrei diversos grupos de saqueadores e algumas gangues prontas para entrar em confusão por um simples copo d'água.

— Não se preocupe, padre. Nosso grupo, como os demais, irá acompanhado de dois soldados, pelo menos, e todos nós devemos portar uma arma também, muito embora eu mesmo nunca tenha disparado uma em minha vida. Creio que portar uma dessas poderá pelo menos intimidar em caso de necessidade.

Em conversa com o médico, Orione soube que Londres e Paris celebraram um acordo de auxílio mútuo. A Torre Eiffel fora destruída, e parte do rio Sena recebera a visita de um pequeno pedaço de Seth. Não obstante, Paris transformara-se num centro de refugiados advindos de diversas partes da Europa. Havia tendas montadas por todos os lados, onde equipes da Cruz Vermelha e da Cruz Verde atuavam incansavelmente, entre outras organizações. Alemanha e Bélgica abriram definitivamente as fronteiras de seus países para os sobreviventes, que vinham de cidades completamente dizimadas. Esses dois países haviam construído cidades inteiras em paisagens desabitadas, esperando o momento em que pudessem ser úteis diante de alguma catástrofe. Os eventos próximos dos anos 2040, quando a população mundial sofreu baixas significativas, fizeram com que várias nações tomassem severas providências tendo em vista haver casos semelhantes aos que, dolorosamente, haviam ocorrido. Agora, as cidades-fantasmas — como ficaram conhecidas ao longo dos anos — eram ocupadas por pessoas de várias procedências, as quais perderam lares, familiares e ainda muito mais.

Foi na Alemanha que surgiu a ideia de construir cidades com completa infraestrutura para momentos assim. Cerca de quinze anos antes, já haviam terminado de construí-las — eram mais de cem delas —, empregando mão de obra e tecnologia chinesas. Como os países do bloco europeu já esperavam por catástrofes ambientais, se bem que nada naquela dimensão, tais cidades foram postas à disposição de refugiados. De certa forma, a catástrofe causou um sentimento geral de solidariedade; nenhum dos países do bloco se negou a receber gente proveniente de locais onde os filhos de Seth se fizeram presentes. Embora a economia internacional tivesse sido abalada pela destruição de Nova Iorque e a catástrofe na baía de São Francisco e em toda a região, até Sacramento, no norte da Califórnia, foi possível botar em movimento aquele plano de contingência elaborado uma década e meia antes.

A partir do segundo dia após a catástrofe, reuniões se realizaram por todo lado. O mundo teria de rever seus fundamentos em matéria de economia, negócios e política. Nada seria mais como antes. Nenhum país continuaria sua trajetória da forma como vinha fazendo. O asteroide colidira e rompera com toda uma maneira de ver, de agir e de conduzir a realidade internacional. Não somente atingira o aspecto físico das cidades afetadas, mas, sobretudo, demolira os paradigmas, que obrigatoriamente teriam que se modificar a partir de então.

Michaella e Hadassa resolveram permanecer nas

cercanias da Nova Iorque devastada, mesmo sabendo da impossibilidade de ingressarem, com os demais novos homens, na cidade sitiada. Enquanto isso, Orione estava totalmente envolvido no socorro às vítimas do cataclismo que desabara sobre a nação. Pensava com insistência em Michaella, mas nada podia fazer a respeito — pelo menos por ora. Vez ou outra um colega o via chorar sozinho à noite. Ninguém se atrevia a se aproximar, pois cada um dos que ali estavam tinha algum parente ou amigo cujo destino se selara em meio aos últimos acontecimentos. Todos, sem exceção, tinham lágrimas próprias a enxugar.

Em dado momento, o padre chegou a pensar nos novos homens, os tais guardiões. Orione estava determinado a pedir ajuda aos estranhos caso se deparasse com algum deles, a fim de localizar sua amada.

— Padre — chamou o médico, vindo de dentro da barraca onde estava um equipamento de comunicação WiiLuz —, porventura o senhor ficou sabendo das atitudes do Papa Pedro II em relação à reforma da Igreja? Todos os canais estão falando da nova política adotada por ele. Não quer ouvir aqui dentro?

— Não, doutor; agora não. Não estou em condições de lidar com mais notícias complicadas neste momento.

Preciso, antes, me recompor emocionalmente. Obrigado!

— Compreendo, padre.

— Por favor, me chame somente de Orione.

UMA VERDADEIRA REVOLUÇÃO havia começado, intensamente, no âmago da Igreja. Pedro II não teria condições sequer de pensar em algo daquela proporção caso permanecesse cercado pelos muros do Vaticano. No intuito de vencer a resistência do cardeal Duncan e de representantes de outras alas do clero, o papa havia adotado uma tática ousada. Pouco a pouco, deu a conhecer diretamente aos fiéis suas propostas, levando-os a retomar as peregrinações a Roma, porém num tom inédito, de reivindicação. A Igreja nunca vira algo assim. Não só em frente à Santa Sé, mas ao redor do mundo, fiéis pressionavam o colégio de cardeais por reformas ante as necessidades do mundo. Comunicando-se diretamente com o público, o papa ganhara logo a confiança dos católicos de toda parte, valendo-se, também, de certa saturação que permeava os adeptos em relação à velha maneira de conduzir a Igreja. Foi uma jogada populista, perigosa, mas que deu certo. O povo protestava diante da Catedral de São Pedro, apesar das dificuldades desencadeadas pelo asteroide, que destruíra parte importante da Santa Sé. Nunca houvera protestos dessa natureza e de tamanha proporção diante da instituição mais antiga do mundo. Novamente, a capital italiana tinha suas ruas repletas de gente; muitos caminhavam com bandeiras nacionais, como a protestar pelos países mais afetados pela grande crise, a maior de todos os tempos conhecidos.

O povo reivindicava que o Vaticano abrisse mão de suas riquezas. Pedro II conseguira um grande trunfo. Contudo, ninguém sabia se ele sairia incólume daquilo tudo. Analisando a conjuntura, Duncan confessava a seus asseclas:

— Temo, meus caros eminentíssimos cardeais, que o Vaticano não volte a ser a sede da Igreja depois dos eventos que ocorrem aqui.

— Não podemos permitir tal coisa, eminência — falou um dos mais importantes cardeais e opositores a Pedro II. — Temos de tomar providências urgentes.

— Mas que providências, Vossa Eminência? — tornou Duncan. — Tem ideia do que se passa ao redor do globo? No Brasil, Sua Santidade é aclamado como ícone de ideias novas. A menos que...

O interlocutor fez uma mesura com a boca, dando a entender que compreendera a ideia implícita na fala não concluída.

— Bem, eminências, o último papa terminou seu pontificado de maneira que até hoje ninguém sabe como...

— Sim, quase ninguém, não é mesmo? — deu ênfase às suas palavras o cardeal Duncan. — Mas o fato é que nenhum dos papas até aqui conseguiu a proeza de abrir à população seus planos da forma como fez Sua Santidade. Pedro II é um estrategista de mão-cheia. Assegurou-se, antes de tudo, de ganhar a confiança e a força do povo, dos fiéis de todas as latitudes. Contra essa onda de apoio popular, nenhum de nós pode absolutamente nada. Ao menos por enquanto, estabeleceu a sede de seu pontificado na nação mais católica do planeta. E os projetos dele, por mais incríveis que possam parecer, por mais impossíveis de ser levados a termo, conquistaram aqueles que, neste momento histórico, experimentam sofrimento sem precedentes e necessitam de ajuda como nunca em nossos tempos. Não é só isso: agora que Sua Santidade modificou a tradição da Igreja em relação a seus representantes, não se baseando mais na figura de um só homem, as coisas ficaram mais difíceis.

— Sabemos disso, eminência! Isso torna a situação muito mais grave. Agora, caso o atual papa sofra algum acidente *imprevisível* — falou lentamente esta palavra, para dar a entender suas intenções —, teremos de nos ver com uma nova forma de governo da Igreja: o colegiado apostólico, que constitui a nova frente de poder. São doze homens agora, e não apenas um, como antes — observou, com um quê de mágoa misturada a uma raiva dificilmente contida.

ORIONE, ONDE SE ENCONTRAVA, optou por deixar para depois as questões políticas e administrativas de Roma, mais precisamente, do Vaticano, que àquela hora devia estar em polvorosa. Pouco antes, conseguira falar com Matheus, que o informara sobre Pe. Damien, o qual tivera um surto e fora internado numa clínica em São Paulo. Também soube que os fenômenos de inversão térmica observados na região serrana do Rio de Janeiro rareavam mais e mais. No entanto, por um motivo que nem mesmo Matheus percebia com clareza, preferira omitir a conversa recente que tivera com Michaella.

Entrementes, Michaella e Hadassa resolveram reunir os novos homens para tentar contatar o imortal, o guardião que, de tempos em tempos, manifestava-se para orientá-los. A bordo do furgão, trouxeram uma barraca de lona, à moda antiga, caso precisassem improvisar uma base fora do carro que utilizaram para transitar de Phoenix até Nova Iorque. Subiram o topo de um morro, não muito alto, e lá resolveram montar a barraca, deixando o carro a certa distância. Aliás, doaram-no a pessoas que tentavam obter notícias de amigos e familiares. Mesmo estranhando como e por que alguém lhes daria um veículo assim, principalmente naquelas circunstâncias, como quaisquer pessoas, em qualquer época da humanidade, aceitaram a oferta.

— Você é louca, Michaella! — exclamou Verônica. — Como voltaremos a Phoenix? Sem o veículo, não temos como ir a lugar algum!

— E com ele teremos sempre a opção de desistir de nossa empreitada! — respondeu Michaella, de modo que todos a escutassem, a fim de evitar novas reações do tipo. — Lembram-se das lições de História? Recordam o que fez Napoleão quando mandou que atirassem nos próprios navios para afundá-los? Pois bem, amigos: não temos alternativa a não ser conseguir entrar na cidade. Portanto, aceito ideias nesse sentido. Enquanto não surgirem ideias viáveis de realizar, vamos buscar o imortal.

A montagem da barraca demorou pouco mais do que previsto, mas, passadas duas horas, o acampamento estava de pé e comportava os quinze amigos, além dos instrumentos de comunicação. Michaella teve o cuidado de pedir que Yuri apagasse do cristal de WiiLuz todos os dados ali registrados, para o caso de serem aprisionados pelos soldados.

— Mas nunca fizemos isso, Michaella! — argumentou Hadassa. — Sempre foi ele quem nos contatou. Nem ao menos o nome dele sabemos para chamá-lo mentalmente!...

— Ele mesmo nos disse que não precisávamos de nomes. Então, vamos em frente! Vamos nos unir, pensar no imortal e invocá-lo mentalmente. Se isso não funcionar, cogitaremos uma alternativa. Alguém tem alguma ideia diferente?

Todos se mantiveram calados diante da determinação de Michaella. Ela estava irredutível. Nem Hadassa, sua melhor amiga, conseguiria demovê-la da ideia inusitada. Após descansarem por algum tempo, juntaram-se na barraca improvisada no alto do morro e deram-se as mãos. Eram quinze novos homens, cada qual com habilidades paranormais extraordinárias.

De tempos em tempos, apareciam algumas pessoas que transcendiam os cinco sentidos conhecidos por todos. Contudo, foi após os eventos da década de 2040, quando a humanidade enfrentou desafios graves no que tange à sobrevivência, que começaram a surgir pessoas, em todos os continentes, com habilidades paranormais notáveis, a ponto de chamarem a atenção de cientistas e militares. Anos antes da catástrofe de 2080, Michaella e Hadassa, que já pesquisavam a respeito daqueles fenômenos, conseguiram mapear grande parte dos casos de pessoas que nasceram ou desenvolveram a paranormalidade em grau acentuado. Como já pertenciam a um grupo de auxílio à humanidade, o qual chamavam de guardiões, resolveram estabelecer contato com essas pessoas a fim de constituírem uma força-tarefa em benefício do bem comum. Os guardiões não eram filiados a nenhum partido político ou braço militar, tampouco a corporação ou laboratório de pesquisas psíquicas. Assim, estruturaram os novos homens, aliança que cresceu mais e mais, pois aqui e acolá, em vários países, surgiam pessoas com habilidades acentuadas que se interessavam pelo projeto. Michaella e Hadassa guardavam somente para si os resultados de suas pesquisas, que concluíam como aquelas habilidades eclodiam e o que determinara o aparecimento de tais poderes em uma parcela pequena da população. Nem mesmo os novos homens sabiam como, por que e para que nasceram assim e desenvolveram tais aptidões extrassensoriais.

— Vamos nos sentar no chão mesmo, meus amigos — convidou Hadassa. — Tentaremos nos ligar psiquicamente uns aos outros, pois, acredito sinceramente, essa ligação íntima entre nós é essencial para conseguirmos contatar o imortal.

Deram-se as mãos sem que nem Hadassa nem Michaella se apercebessem de que punham em prática, literalmente, o que o guardião havia dito, mas que interpretaram como linguagem figurada. Estavam ali presentes dois novos homens dotados de habilidades muito especiais: Dreiil Locan, o capacitor humano, era capaz de amplificar a força magnética e mental dos demais; e o argentino Juan de Luca, o qual chamavam de gêmeo, detinha a mesma aptidão, em nível mais acentuado, principalmente quando em situações de emergência — como a que viviam. Ambos, quando unidos de maneira consciente, entravam numa espécie de transe anímico e, assim, suas capacidades atingiam o auge. Formavam, por assim dizer, uma dupla indispensável ao trabalho dos novos homens. Sentaram-se, portando cada um seu bracelete de identificação, sem saberem ao certo como o utilizar. Concentraram-se. Como se eles tivessem tentáculos mentais, cada qual procurava apalpar o psiquismo um do outro, sempre sob o comando de Hadassa, que era classificada como bailarina neural — um nome estranho, como estranhas eram consideradas todas aquelas pessoas ali reunidas.

A denominação dada a Hadassa justificava-se por uma de suas habilidades. Ela era capaz de entrar na mente das pessoas, esquadrinhar tudo, selecionar a trilha de pensamento que queria acentuar e dar-lhe a importância pretendida. Bailava entre as ondas mentais, porém, em seguida, sempre se sentia esgotada e requeria algum tempo para recuperar-se. Por isso, ela evitava o quanto podia lançar mão desse recurso.

Um a um os novos homens foram se conectando, mente a mente. O tempo parecia transcorrer de maneira diferente dentro da barraca. Tentaram ao máximo se desconectar dos acontecimentos dramáticos que os trouxeram até ali. Hel-Eliot, Yuri, Verônica, Ellieth, além de Hadassa, Dreiil Locan e Juan de Luca e mais sete outros: Michaella tinha muito zelo por todos eles. Eram as peças mais importantes do exército de paranormais dos novos homens. A princípio, nada conseguiram além de uma conexão mental superficial. À medida que relaxavam, entretanto, que se permitiam abrir as comportas mentais, a associação de mentes ficava cada vez mais robusta.

Fenômenos luminosos começaram a ocorrer dentro da barraca, inicialmente de modo tênue, mas logo foram o suficiente para chamar a atenção dos soldados ao longe. Descargas elétricas eram vistas sobre o local do acampamento. Uma guarnição de cinco homens foi destacada para subir o morro e ver o que se passava.

Os novos homens se uniam cada vez mais intensamente, numa dimensão mental nunca antes experimentada por eles, tudo com o objetivo de contatar o imortal, como julgavam a princípio. Depois de algum tempo concentrados, parecia-lhes estarem reunidos num plano existencial no qual conseguiam conversar sem articular palavra. Era um plano atemporal, diriam mais tarde, uma dimensão superior. Tentaram tatear a mente do guardião; prosseguiram chamando-o mentalmente, e nada de resposta. Completo silêncio, afora os pensamentos dos quinze ali reunidos. A seguir, para não saírem frustrados da experiência, Michaella fez uma sugestão puramente mental.

Naquele estado existencial no qual se encontravam, quase uma simbiose psíquica, as habilidades de todos pareciam ter se fundido. Não havia barreiras, segredos ou medos que se interpusessem entre eles; eram livros abertos uns para os outros. Michaella sugeriu aproveitarem aquele estado de espírito para tentar localizar Orione. Só que, dada a estreita conexão estabelecida, todos souberam que ele não era apenas seu amigo, mas também o grande amor de sua vida. Juntos, com a permissão de Michaella, extraíram-lhe da mente a imagem do padre, e todos, ao mesmo tempo, em comum acordo, resolveram experimentar o novo processo mental, que nenhum deles sabia ser possível alcançar. Nada assim havia sido possível testar antes.

Enquanto isso, fora da barraca, o tempo transcorria da mesma maneira e no mesmo ritmo para toda a humanidade. Os soldados subiam a montanha a passos rápidos e cada vez percebiam mais as descargas elétricas em cima da barraca.

— Senhor! — principiou um deles, por meio do

implante no nervo óptico, mostrando-se e vendo seu superior através de holograma que se formava em frente aos seus olhos. — Cada vez mais aumentam as descargas elétricas. Nunca vimos algo assim. Parecem advir de uma barraca semelhante às que utilizamos em nossas atividades.

— Vão com cuidado! Pesquisem e, se precisarem, tomem as providências necessárias para nos trazer informações precisas a respeito. A esta altura, não podemos ter surpresas.

— Sim, senhor!

Os militares continuaram até chegarem a apenas alguns metros de onde se encontravam os novos homens hiperconcentrados. Dentro da barraca, a tensão mental aumentou de tal maneira que todos pareciam estar fundidos, como se fossem o mesmo ser, tamanha a união e quase fusão mental e emocional que ocorria entre eles. Dadas as habilidades de Dreiil e Juan Luca, cada um parecia haver absorvido parte da aptidão do outro.

Dentro da cidade, Pe. Orione havia se retirado para determinado local a fim de descansar de tanto trabalho. Àquela altura, já havia muita gente para ajudar. Ele e o grupo de soldados, médicos e outros ajudantes voluntários já trabalhavam há mais de 12 horas ininterruptas. Estava suado, sem dormir e, ainda por cima, sem poder tratar do dente. Sua aparência causava consternação e não era nada agradável. Deixou o grupo de socorro no local que ele próprio indicara e recostou-se num galpão abandonado, cujo teto havia desabado parcialmente, pois ali acreditava poder ficar sozinho por um tempo. Pretendia descansar e pensar um pouco também.

Agora, os novos homens haviam alcançado um estado em que formavam, bem se poderia dizer, uma espécie de ser coletivo, a tal ponto estavam unidos naquele plano existencial superior que eles mesmos desconheciam. A imagem de Orione fora extraída do pensamento de Michaella, que se abriu por inteiro ao grupo de amigos, deixando-se vasculhar completamente e ser esquadrinhada emocional e psiquicamente.

A humanidade, de modo geral, mesmo entre os cientistas mais entusiastas, não acharia possível o que ali se passava. Caso as pessoas fossem capazes de imaginar o que se sucedia com a liga de novos homens, deduziriam se tratar de um filme de ficção científica, mas jamais da realidade, nem sequer de uma realidade possível. Contudo, em 2080, muito do que acontecia poderia bem ser confundido com magia do passado ou, simplesmente, com obra de ficção.

Tão logo os novos homens conseguiram estabilizar a imagem de Orione, a fim de localizá-lo — a pedido de Michaella —, ocorreu algo inesperado. Os soldados chegaram próximo à barraca e rondaram-na, pé ante pé, como se esperassem encontrar um inimigo. As descargas elétricas aumentaram sobremaneira, e os homens do exército cuidavam-se para que tais emissões não os atingissem.

Lá dentro, todos de mãos dadas, profundamente concentrados; todos com suas habilidades paranormais quase fundidas, amplificadas ao extremo. A imagem de Orione envolvia cada mente ali em expansão, quase em processo de simbiose. Uma luz começou a irradiar dos quinze indivíduos ali reunidos. Os soldados, do lado de fora, temeram abrir a barraca e entrar, ou tão somente olhar em seu interior.

— Vejam! A luz parece irradiar de dentro da barraca — apontou um dos militares para seus colegas, atônito, pois não tinha explicação para o que via.

Os corpos dos novos homens, aos poucos, começaram a desmaterializar-se. Outro fenômeno inusitado se deu com todos eles a partir de então. Todos se transportaram, ou, talvez se poderia dizer, teletransportaram-se. Era um fenômeno puramente paranormal, sem uso de nenhuma técnica, embora a ciência da época já estivesse bastante adiantada e pesquisasse a possibilidade de se transferir matéria entre dois pontos distantes entre si. Mas, ali, era outra coisa que ocorria; era o fenômeno de transporte de moléculas humanas, de corpos humanos, usando-se as forças do espírito.

As descargas elétricas, que antes haviam aumentado exponencialmente, cessaram de vez. O grupo deu um salto quântico — diriam depois —, em decorrência da sua união absoluta em plano mental. Assim que os soldados viram as descargas cessarem, um deles rompeu a lona da barraca sem prévio aviso, rasgando-a com um punhal, para todos verem o que havia dentro. Foi apenas um impulso, não fruto de coragem, mas nada nem ninguém estava mais lá dentro. Não puderam entender o que acontecera ali e, claro, tampouco teriam explicação para dar aos seus superiores. Silenciosos, sem nenhum comentário, constataram que havia somente alguns panos sobre o chão do lugar, como se alguém ou algumas pessoas estivessem sentadas sobre eles até então. Nem vestígio de equipamento elétrico, nem traço qualquer de tecnologia; apenas os panos. Não encontravam explicação para o fenômeno das descargas elétricas. Alucinação coletiva? Não sabiam como explicar.

De repente, o ar tremeluziu à frente de Pe. Orione. Ele percebeu apenas quando algumas descargas elétricas ou fagulhas pareciam se formar bem perto de si. Deduziu se tratar de alguns fios soltos que ainda conduziam energia elétrica, apesar da catástrofe, e que havia um curto-circuito. Jamais poderia considerar algo diferente disso. Uma espécie de fenda parecia abrir-se no ar, e o padre, assustado e com um medo imenso diante do inexplicável, só teve tempo de jogar-se para o lado, caindo e rolando ao chão, a fim de não ser atingido pelas descargas de eletricidade e também pela baforada de ar quente que se irradiava do meio do nada. Com os olhos arregalados, viu um grupo de pessoas estranhas se materializar ali, diante de sua visão atônita. Tentou levantar-se rapidamente, com o ímpeto de sair correndo dali; afinal, naqueles tempos de estranhas e complexas ocorrências, convinha ficar atento e evitar qualquer coisa que pudesse pôr em risco sua vida.

Uma espécie de explosão de luz branca, quase

ofuscante, marcou o momento da rematerialização dos novos homens. Permaneciam de olhos fechados e de mão dadas; para eles próprios, era como se não houvesse ocorrido absolutamente nada. Talvez pensassem estar ainda dentro da barraca no topo do morro, fora da cidade destruída.

— Michaella! — gritou Pe. Orione para a mulher assim que a viu no meio dos novos homens. — Michaella, você está viva! Graças a Deus! — e pulou com toda a força em cima da mulher amada, arrancando-a do transe, e a todos também.

Voltaram do salto quântico sem saberem o que se passara ou onde estavam. Somente então Hadassa e Michaella compreenderam a mensagem do imortal ao lhes dizer que, juntos, detinham um poder muito maior do que suspeitavam. Eles se transportaram psiquicamente, usando habilidades paranormais, para dentro da cidade sitiada, exatamente onde Orione estava. Era a vitória das forças do espírito sobre as impossibilidades e as limitações humanas. Realmente, aqueles eram novos tempos. Nascia uma nova humanidade, que deveria se acostumar com as forças do espírito a serviço da evolução do novo homem, que ressurgia dos escombros da velha civilização.

CAPÍTULO 7

O PARTO DE UM NOVO MUNDO

Depois de tantos problemas humanos, sociais e políticos que se apresentaram ao longo da primeira metade do século XXI, havia muitos outros perigos rondando a humanidade nesta segunda porção de século. Invenções da indústria armamentista, muitas desenvolvidas até o máximo da sofisticação, como o HAARP,[1] que fora aperfeiçoado ao extremo, ou as armas de pulsação, altamente letais e criadas a partir da energia eletromagnética, além de elementos de guerra biológica, que deram origem a uma série de vírus e bactérias cuja procedência a população estava distante de conhecer.

O aprendizado era lento, porém notório. O mundo conseguiu sobreviver a ditadores e tiranos, a líderes e governantes desgovernados, bem como a movimentos populistas e demagógicos, que foram desmascarados juntamente com seus idealizadores e expoentes. Em

1. Sigla para *High Frequency Active Auroral Research Program* (Programa de Investigação de Aurora Ativa de Alta Frequência), HAARP é, oficialmente, um programa de pesquisas norte-americano, uma parceria entre as forças armadas e a Universidade do Alaska. Muitos, entretanto, afirmam ser um projeto de guerra climática por meio da manipulação da ionosfera.

dada altura, surgiu no panorama terrestre a ameaça da invasão muçulmana por toda a Europa, não apenas pela imigração em altas vagas, mas porque os muçulmanos se reproduziam em taxas muitíssimo superiores às do restante da população naquele continente. Ameaçavam dominar numericamente o Velho Mundo em pouco mais de três décadas, não fossem os desafios seriíssimos que a humanidade enfrentou naqueles anos. Tal invasão só foi contrabalanceada ou superada mediante outra onda migratória: a dos chineses, que vinham desprovidos daquelas ideias religiosas tão antagônicas às da tradição civilizatória ocidental como as do grupo anterior.

Contrariando a perspectiva natural e a tendência histórica de aumento populacional, o número de habitantes da Terra diminuiu em meados do século, principalmente após uma sequência de desafios de toda ordem, que incluiu catástrofes, guerras e epidemias sucessivas. Mesmo em meio a tudo isso, havia muita esperança no futuro. Sem dúvida, restavam indivíduos realmente maus entre os humanos. Entretanto, já se notava um ar ligeiramente mais leve, como se a atmosfera psíquica do planeta começasse a se suavizar. Não obstante, as dores do parto da nova civilização estavam longe de acabar. O século terminaria sem que viesse ajuda externa? Qualquer que fosse o destino que os terráqueos atraíssem ou até, em certos casos, desejassem, importava considerar que nem tudo o que é bom é do bem — e nem tudo que é para o bem soa assim aos ouvidos da maioria. Em regra, poucos conseguem ver o lado positivo de desafios e situações difíceis ou mesmo dramáticas. A transição não terminara, e o homem ainda deveria enfrentar determinadas provas antes de experimentar algum alívio.

Nos idos de 2080, como se não bastassem todas as provações vencidas nas décadas recentes, os seres humanos depararam com uma ameaça vinda do espaço. Um meteoro, uma formação rochosa muito maior do que todas as detectadas até então, aterrorizou a população. Batizada de Seth, em alusão ao deus egípcio da destruição, a rocha descomunal derivou pelo espaço sideral durante muitos e muitos anos sem ser percebida. Algo semelhante ocorrera em Júpiter, décadas antes, quando um objeto similar se chocou com o gigante do Sistema Solar. O asteroide Shoemaker-Levy 9 — na verdade, um cometa — foi devidamente identificado pelos astrônomos Carolyn e

Eugene Shoemaker, em conjunto com David H. Levy, apenas em março de 1993 — tão somente dezesseis meses antes que colidisse com a superfície daquele planeta. De forma semelhante, a despeito de todo o avanço científico que se observava na segunda metade do século XXI, o asteroide Seth foi descoberto tardiamente, e, mais uma vez, tal como se dera com o evento em Júpiter, os cálculos dos cientistas não previram com exatidão nem as circunstâncias nem as repercussões do impacto.

— Muitos fenômenos impressionantes vêm acontecendo por todo o globo e em torno dele — conversavam os cientistas Dr. Arthur Herrieth e Dr. Vran Kaus numa espécie de videoconferência.

— Entre outros, não tiro da cabeça os objetos do espaço que rumam em direção à Terra, segundo detectamos recentemente. Tudo indica que sejam guiados e tripulados por seres de outros mundos.

— Provavelmente, Arthur — falou Vran Kaus. — Provavelmente! Sabemos bem que, já na década de 2030, a existência de vida em outros planetas foi admitida abertamente pela maioria dos terrenos. Desde então, chegaram a nosso conhecimento declarações e mais declarações a respeito dos contatos que cientistas e autoridades mantiveram ao longo dos anos, tanto no século XX quanto até aquele momento, ainda que de forma pontual, em casos isolados e com povos diversos.

Em outro local, diante de modernas telas de comunicação, o mesmo assunto, em roupagem ou vocabulário diferentes, merecia a atenção de dois outros personagens:

— Contudo — Orione comentava com Walter —, caso seja verdade que os objetos não identificados são naves espaciais advindas de fora do Sistema Solar, a humanidade terá de se preparar para uma revolução como nunca houve na história.

— Não se sabe se é pura coincidência ou se, porventura, estamos diante do cumprimento de antigas profecias. Certo é, meu caro Orione, que os acontecimentos dos últimos decênios já foram delineados em escritos pretéritos, tanto do Apocalipse de João quanto de Nostradamus, Edgard Cayce e São Malaquias. Talvez, porém, em meio a tantas mudanças e transformações, a humanidade não se tenha dado conta disso. A colisão do asteroide com a Terra, ainda que em outra linguagem, foi prevista no século XVI, por Nostradamus, assim como ele previu tanto o surgimento de Napoleão e de Hitler quanto a queda da antiga União Soviética e do comunismo, entre outros fatos — acentuou Walter Springs, do outro lado do cristal de comunicação, pois se falavam via NetVision.

— Desde que conversei com você e a partir dos eventos ocorridos em Nova Iorque e no mundo todo, comecei a me interessar pelo assunto. Entre tantos problemas em curso e as demandas do Vaticano, como não conseguia dormir, pensando em inúmeras hipóteses para as ocorrências mundiais, resolvi me dedicar à leitura sobre as profecias, na esperança de encontrar alguma explicação que me acalmasse o espírito.

Walter Springs pareceu nem dar atenção ao comentário do amigo, pois continuou, como se o repentino interesse do Pe. Orione pelo estudo das predições fosse a coisa mais trivial do mundo.

— Levando-se em conta o atraso de anos, os eventos previstos por algumas das mais importantes profecias realmente se concretizaram nesta segunda metade do século XXI.

— Fico imaginando como a vida é frágil e como o homem, apesar de toda a tecnologia, não consegue, ainda hoje, dominar as forças da natureza — ponderou Orione.

— De fato — prosseguiu Walter —, entre maremotos e outros cataclismos, cidades importantes, cheias de vida, foram arruinadas de um momento para outro, como foi o caso de Nova Iorque e de outras mais.

A conversa dos dois amigos retratava a realidade ou o cenário caótico com que a humanidade deparava nos idos de 2080, perante o qual se via compelida a mudar de comportamento e a rever paradigmas e a maneira de se relacionar com o próprio orbe.

NO VATICANO, APÓS O LOCAL ter sido atingido pelo pedaço do asteroide, as coisas não andavam nada bem. A decisão de que Pedro II se dirigiria ao Brasil contou com a adesão dos cardeais que por lá ficaram, mas eles esperavam que o sumo pontífice regressasse tão logo as coisas se tranquilizassem em Roma. Entretanto, nada se acalmou, principalmente devido às decisões de Pedro e do recém-criado colegiado de novos apóstolos.

— Minha preocupação, Vossa Eminência — falou um dos homens fortes do Vaticano para o cardeal Duncan —, além, é claro, do fato de o papa ter diluído o poder apostólico entre os outros onze cardeais, enfraquecendo o posto papal, é a constatação inevitável de que lidamos com um exímio estrategista.

— Temos de considerar os dois lados, eminência, os dois lados da questão — respondeu Duncan. — No caso de Pedro II, ele realmente é muito instruído e sabe como usar as palavras de maneira habilidosa, além de conhecer profundamente ferramentas modernas de persuasão. Apesar disso, nunca esperávamos que sua ação fosse contrária aos nossos planos e às tradições. Ele soube muito bem ganhar a atenção e conquistar a aprovação de diversos setores da Igreja.

— Não vejo nada de positivo nisso, eminência. A

estrutura eclesiástica, como a conhecíamos até então, não existe mais. A maioria dos padres, dos bispos e mesmo dos cardeais aprova as medidas de Pedro II. Não temos como contornar essa realidade. Por isso, afirmei que ele é um hábil estrategista. Antes de amealhar a adesão dos prelados na Santa Sé, ele se dirigiu aos fiéis. Ganhando a confiança e a aprovação dos católicos pelo mundo ao apresentar suas ideias de renovação da Igreja — a começar por dilapidar nossos tesouros, acumulados durante séculos —, ele partiu para a conquista dos padres. Num golpe certeiro, tocou precisamente no ponto que todos queriam ou reivindicavam desde os primórdios do século XXI.

— Exatamente. O casamento dos padres e a admissão oficial de sacerdotes homossexuais, algo que jamais imaginei viver para presenciar.

— Mais, Duncan: ele aproveitou o fato de estar longe do Vaticano e convocou um concílio no Brasil, onde obteve adesão ainda maior às suas ideias, distanciando-se de nós, da cúpula romana.

— Estratégia de guerra, eminentíssimo cardeal Doller. Estratégia de guerra! Guerra espiritual.

Após instantes de silêncio, Duncan continuou:

— Existe outro lado da história, como eu dizia. Poderíamos afirmar que Pedro II deixou-se impregnar de ideias muito comuns no fim do século passado e no início deste. Ele sabe muito bem que seu pontificado apresenta um viés populista. Tocou exatamente na ferida do povo, que, como sabemos, adora medidas paternalistas, de apoio à pobreza, ainda mais se perceber que estão tirando dos ricos para darem aos pobres. Sentem como se uma espécie de justiça cósmica se cumprisse nessa hora; é patético, uma vez que as coisas andam de mal a pior em nossa época, devido à destruição de cidades, à submersão de ilhas inteiras, à proliferação de enfermidades e de vírus que assolaram a população mundial...

— Sem dúvida — assentiu o cardeal Doller. — Pedro II tocou mesmo na alma do povo ao prometer abrir os tesouros do Vaticano e leiloá-los, anunciando que a Igreja, a partir de sua gestão, ou melhor, do grupo dos doze, reverteria tudo em benefício dos pobres, das multidões afetadas por maremotos, terremotos e outras calamidades. Mais ainda com a chegada de Seth, a promessa de Pedro II pareceu uma medida das mais caridosas e humanitárias.

— Ele calou, dessa maneira, os opositores de outras religiões, que viram em seu gesto uma demonstração

inequívoca de renovação da nossa Igreja. Assim, saiu lucrando com ideias salvacionistas a troco do afundamento do Vaticano, aproveitando a situação caótica geral. Dificilmente reconstruiremos a Santa Sé depois da colisão de Seth e dos estragos causados em Roma.

— O que mais me preocupou nas atitudes do novo pontífice, Duncan, Vossa Eminência, foi a encíclica que publicou. O texto, aclamado pela unanimidade dos bispos dos países por onde fez peregrinação e assinado pelos doze que agora comandam a Santa Sé, decreta que, a partir desse momento de crise planetária, a Igreja não pode mais correr o risco de ser governada por um só homem. O tal colegiado, representando os doze apóstolos, deve administrar os destinos dela, que, segundo Pedro II, precisa se adaptar aos tempos atuais.

— Sinceramente, Vossa Eminência, não vejo esse ponto como o mais crítico. Contra ele nada podemos, pois toda a cristandade aprovou a ideia; do modo como Pedro expôs a novidade, ela soou como uma espécie de retorno aos primórdios do cristianismo, visto que tanto fiéis quanto padres, bispos e cardeais estão deveras assustados com a situação do mundo... A maioria tem se mostrado convencida de que vivemos o fim dos tempos ou o juízo final. Portanto, todos aprovaram as ideias de Pedro II imediatamente.

— Qual o ponto mais crítico que Vossa Eminência vê, então? A questão de um governo apostólico é totalmente diferente de tudo o que a tradição reza nos últimos dois mil e tantos anos...

— Sei disso. No entanto, diante do aumento expressivo dos escândalos sexuais envolvendo clérigos ao longo das últimas duas décadas, que ameaçam a moral católica, Pedro teve a oportunidade de persuadir os sacerdotes e as massas de que sua proposta de reforma seria o meio mais eficaz de resolver o problema. Juntamente com os outros onze, chegou à conclusão de que a única forma de combater os escândalos que têm abalado a Igreja desde o século XX é liberando o casamento dos padres. Isso já está em vigor, e não há como voltar atrás. O instituto dessa nova prática, sancionada pelos doze, modificou por completo a estrutura eclesiástica. Embora a Igreja tenha se dividido nas opiniões sobre o tema, a princípio ninguém conseguiu impedir a avalanche de casamentos ao redor do globo. O pronunciamento que fez a respeito pela NetVision ainda hoje guarda a marca da maior audiência de todos os tempos na rede.

"Aliás, a adesão dos católicos do mundo que Pedro granjeou é notável; o sucesso do canal mantido por ele, em que os doze do colegiado conversam com a multidão de fiéis, é espantoso. Nunca se viu algo assim na história da Igreja. A conversão ao catolicismo em países como China, Rússia e Índia supera em muito qualquer investimento em missões e missionários que tenhamos feito no passado. Então, cara eminência, não podemos contra esses fatos, contra esse fluxo de multidões que procura a santa Igreja desde as reformas realizadas por Pedro II.

"O que mais me preocupa, portanto, é a repartição dos tesouros do Vaticano. Isso, sim, causa um impacto imenso e irreversível sobre a estrutura da Santa Sé."

— Pois é... nunca vi nada igual, tamanho o êxito de *marketing*.

Os dois se quedaram em silêncio por algum tempo, preocupados com a nova posição da Igreja, a qual mudara por completo no último ano, principalmente após a nomeação de Pedro II. Instantes depois, Doller, um dos mais fortes agentes na política romana, leal a Duncan e à facção da máfia italiana estreitamente ligada aos poderes da Santa Sé, além de atuante nos bastidores da política internacional, demonstrou interesse em outras questões:

— Soube, eminente amigo, que mantém contato com um grupo de cientistas enviados a nosso serviço?

— Claro! Esse é um capítulo à parte. Como você permaneceu às voltas com tantos desafios envolvendo os homens de dinheiro que estendem seus tentáculos até o âmago do Vaticano, resolvi tomar medidas para nos certificarmos das ocorrências estranhas de nosso fim de século. Com o objetivo de estudar e reportar sobre fatores climáticos, geológicos, astrofísicos e até de natureza metafísica, coloquei para funcionar um grupo de pesquisadores que está espalhado pelo mundo todo. Aliás, gostaria que participasse de uma reunião com eles.

Nesse instante, Duncan buscou um documento escrito à moda antiga e o estendeu ao cardeal Doller.

— Eis o convite formal dessa reunião. Pretendia entregar a Vossa Eminência a qualquer momento; como está aqui, entrego-lhe pessoalmente.

Doller leu o documento, que se tratava de um convite selado com o emblema do Vaticano, numa tentativa clara de preservar o que restava da tradição da cidade dos papas.

— Pois bem. Estarei presente. Acredito que, nesses

dias, permanecerei na Itália e farei o possível para estar nessa conferência. Pedro II, ou melhor, o colegiado dos doze sabe dessa reunião?

— Pedro II não se interessou muito por nossas pesquisas pelo mundo. Ele está totalmente absorto em seu programa de reforma da Igreja e no que chama de ano sabático, muito embora o ano de peregrinações tenha acabado de maneira brusca com a chegada de Seth.

— Mas, por acaso, chegou a convidá-lo e os apóstolos para participarem? Talvez as respostas trazidas pelos agentes enviados ao mundo todo possam servir para que abram suas mentes de alguma maneira...

— Não os convidei. Essa é uma ação totalmente

secreta, de dentro dos corredores da Santa Sé. Preferi coletar informações para depois decidir o que fazer. Fato é que, pelo que já soube até aqui, as notícias não são alentadoras.

Um quê de angústia perpassou os dois aliados, talvez por terem se lembrado dos tempos antigos das fartas regalias de que gozavam, antes dos acontecimentos mundiais se avolumarem de maneira a modificar por completo tudo no mundo, desde a política até a economia, passando pelas relações entre pessoas e também entre países. Os dois se entreolharam, notando, cada um, o traço de melancolia dificilmente ocultada pela reserva com que se tratavam, apesar da parceria longeva que mantinham.

Ambos se sentiam de pés e mãos atados sobre o estado vigente entre os católicos, principalmente no tocante à antiga sede da Igreja. Os cardeais que ficaram no Vaticano tornaram-se, depois dos decretos do novo pontífice, os vigilantes da tradição apostólica e não tinham voto nem autoridade para contrariar as deliberações dos doze.

Novamente, veio à tona o carisma impressionante do novo papa.

— Já recebi alguns relatos, eminência, de que,

no Brasil, Pedro cativou até os grupos historicamente contrários à Igreja.

— Os protestantes — completou Doller.

— Exatamente. Além do fato de, universalmente, os católicos terem aprovado as decisões do pontífice, os protestantes, por sua vez, sobretudo no Brasil, apoiam as iniciativas de Pedro II, que também soube ganhar a confiança das religiões mais tradicionais. Propôs um diálogo franco e aberto entre todos os cristãos, e, pelo menos nas terras brasileiras, nota-se certa união entre os evangélicos tradicionais e os católicos no intuito de dar força aos decretos papais e apoiar as mudanças na tradição católica. Em troca, pediram do papa que se pronunciasse sobre o governo gospel, que ainda incitava entre seus seguidores a perseguição àqueles que dizem não adorar a Deus como eles.

— Enfim, eminência, temos muito a fazer — concluiu Doller, levantando-se da poltrona na qual estivera sentado por algum tempo. Era hora de se despedir do colega para revê-lo posteriormente, na reunião com cientistas e agentes secretos do Vaticano.

MESES E MESES FORAM NECESSÁRIOS para que as coisas mais ou menos se pusessem em ordem nos escombros da antiga Nova Iorque. Após se reencontrarem, Orione e Michaella se juntaram à sua equipe a fim de ajudarem o máximo possível no resgate das vítimas e dos sobreviventes da devastação. Os novos homens lançavam mão de habilidades psíquicas, em conjunto ou separadamente, o que era de grande valia. No meio desse trabalho hercúleo, Michaella recebeu uma chamada em seu implante óptico. Diante de si, apareceu a imagem tridimensional de um dos cientistas amigos. Naquele momento, ele estava na Europa, dedicando-se às suas pesquisas.

— Você precisa vir para cá, Michaella! Precisamos de você e de seu conhecimento.

— Sabe que não posso, Dr. Ryann! Sabe que sou procurada pelas autoridades, e, a esta altura, devo estar até nas listas da Interpol.

— Engana-se, minha amiga. Engana-se! Há pouco, o bloco norte, na pessoa de um militar de alta patente nos Estados Unidos, apresentou um documento reconhecendo o trabalho humanitário que você conduz à frente dos novos homens. Ele o enviou para Berna, onde se reúne o comitê do bloco europeu, e, a partir de agora, você terá liberdade plena para se dirigir aonde quiser.

— Desculpe, Dr. Ryann, mas a mim não parece que essa atitude do bloco norte me dá liberdade de ir e vir; sabe muito bem como os próprios militares foram os responsáveis por nossa prisão e também pela perseguição aos novos homens desencadeada em vários países. Não sei se deveria confiar nessas pessoas de paletó e de farda.

— Ora, Michaella! Deixe de ser cabeça-dura, mulher! — redarguiu ele num tom de intimidade. — Sei muito bem do que os militares são capazes, principalmente se estiverem aliados a políticos. Porém, depois das fa-

çanhas que vocês realizaram, ninguém pode duvidar de suas intenções. Aqui, na Europa, os novos homens têm auxiliado em todos os países afetados pela grande crise. Além do mais, a esta altura dos acontecimentos, tenho convicção absoluta de que todos devemos unir esforços para evitarmos fatos ainda mais graves que porventura venham a atingir a humanidade.

— Algo acontece de que preciso ficar ciente, Dr. Ryann? Sabe que conseguimos penetrar o cinturão de isolamento de Nova Iorque e estamos todos, nossos amigos e Orione, auxiliando o quanto podemos no resgate dos sobreviventes da grande catástrofe e na reorganização da cidade.

— Esse trabalho não é para você, minha cara. Existem outras pessoas que podem ajudar no quesito humanitário, mas pouquíssimas podem agir como você diante dos desafios que se afiguram no horizonte. Pense nisso, mas não demore, por favor!

O tom empregado por Ryann não deixava margem a dúvidas de que alguma coisa estava em curso, num nível maior e talvez inesperado. Orione olhou para a mulher amada sem interferir em suas decisões. Ela, por sua vez, sentiu a energia do padre fluir como que lhe dando apoio discreto. A imagem holográfica, embora fosse percebida somente por Michaella, continuava à sua frente.

— Fale-me o que está havendo, por favor, Dr. Ryann!

— Falarei ao chegar aqui, minha cara. Transfiro agora para seu implante óptico as coordenadas de onde estamos. Mas lhe afianço: sua presença aqui ajudará muito mais a humanidade do que aí, em meio aos nova-iorquinos — e desligou a comunicação sem muita delonga.

Após meditar por certo tempo, ainda entre os novos homens, Michaella resolveu transferir a liderança das atividades para Hadassa, que, aliás, trabalhava em estreita sintonia com a amiga. Organizaram o que puderam e, a pretexto de irem auxiliar em outra cidade da Califórnia, Michaella e Orione saíram dali para não mais regressarem. Hadassa era a única que sabia da motivação real da viagem de ambos. Ademais, tudo era coordenado de maneira brilhante pelos militares e pelas organizações de socorro. Não havia como voltar no tempo. Portanto, só restavam o resgate das pessoas soterradas — a maioria estava em situação calamitosa — e emergências de toda espécie, que pareciam se multiplicar por todo lado.

Se bem que, em muitas cidades pelo mundo, as coisas não estavam tão diferentes assim. Damasco, por exemplo, fora quase totalmente destruída, restando somente a população dos arredores. Na prática, o governo foi destituído por decreto de Seth, o qual atingira em cheio a capital síria. Teerã ficou soterrada, sem nenhuma condição de ser reconstruída em prazo mensurável. Também ali sucumbiu o último bastião de poder extremista da região. Seus representantes foram consumidos no rastro de devastação causado pelo asteroide multipartido. Diversas outras cidades foram confrontadas com fantasmas, e a comunidade internacional se via na iminência de se unir para sobreviver ao momento de crise planetária, a despeito das dissensões, dos desafios políticos emergenciais e do mal-estar diplomático gerado por certas acusações que ora ou outra se ouviam de parte a parte. Apesar de tudo, prevalecia o seguinte denominador comum: todos precisavam sobreviver. Tal como no Irã, em Moscou os membros do governo foram dizimados durante a colisão do asteroide. Portanto, em meio ao calor dos acontecimentos, ainda lhes caberia eleger ou estabelecer novo governo. Tal era a realidade em vários países. Em suma, a crise não era somente de ordem material, mas também social, política e financeira. Nenhuma nação estava preparada para desafios dessa magnitude. O mundo não era mais o mesmo.

Foi nesse clima que Michaella e Orione se dirigiram à Europa, após ele se valer das prerrogativas de diplomata do Vaticano a fim de conseguirem embarcar num voo direto para Londres. Com a experiência adquirida no bloco norte, Michaella acabou aproveitando sua estada no continente europeu para orientar os novos homens que viviam ali quanto a certos procedimentos, sobretudo no que tange ao uso das habilidades psíquicas, de maneira mais proveitosa, nas atividades de resgate. No fim das contas, ela terminou por se distrair da razão principal que a tinha levado até ali ao deparar com o caos de natureza humanitária e a forte demanda por trabalho que constatava a cada núcleo de novos homens visitado.

Nesse ínterim, recebeu uma menção honrosa do bloco europeu, por influência dos cientistas, a fim de que se sentisse mais segura para transitar entre as nações. Viu-se livre das ameaças, mas, ainda assim, fazia de tudo para esconder sua identidade e a ligação com os novos homens. Michaella era sempre muito desconfiada de qualquer método utilizado por políticos e militares de todo lugar. A consagração fez dela uma pessoa de referência nos dois blocos de poder, e, por essa razão, Michaella passou a ser chamada para fazer conferências em diversos locais, embora tenha preferido rejeitar os convites, em face dos imensos desafios que tinha pela frente. Nessa hora, agradeceu pela rede de financiamento montada por pais de alguns novos homens mais jovens, de famílias particularmente abastadas, a qual mantinha o projeto e lhe permitia tal opção, bem como pelo suporte dado por Orione a seu lado. Ademais, não se interessava por reconhecimento e homenagens, que só serviam, segundo sua ótica, para lustrar o orgulho e a vaidade, os quais não ajudavam em nada. De todo modo, poder transitar com relativa segurança por vários países a ajudava e muito.

Passado um mês em solo europeu, percorrendo muitos países, nos locais mais afetados, Michaella recebeu nova chamada de seu amigo Ryann.

— Então, minha amiga, finalmente conseguiu sair dos escombros da velha cidade? — ele se referia a Nova Iorque.

— Estou saturada de tanto trabalho, Ryann. Não há descanso em lugar algum. O melhor de todos nós, temo, creio que não seja suficiente. Pelo que tenho visto, a humanidade estará ocupada por muitos anos, talvez por décadas, até se erguer dos abalos sofridos neste 2080.

— Então prepare-se, minha querida — aventurou-se a chamar sua interlocutora de maneira mais próxima outra vez. — Necessitamos de sua presença com mais urgência do que um mês atrás.

Michaella olhava a projeção holográfica à sua frente sem compreender o alcance das palavras do cientista, que prosseguiu:

— A realidade é que você e os novos homens têm se espalhado pelo planeta. Nossos colegas de investigação científica e eu compartilhamos uma teoria:

os novos homens são um novo passo na evolução humana. Neste continente, temos visto cada vez mais pessoas com habilidades desconhecidas ou não admitidas abertamente pela ciência, tanto de caráter paranormal quanto de outra natureza. Por exemplo: expressivo número de pessoas tem se comunicado com parentes mortos. Parece que certa transformação está em curso com o homem da Terra. Não vejo como conter essa avalanche de seres humanos que aparece com mais força a cada dia, trazendo novas e brilhantes possibilidades através das forças da mente. Lamento apenas é não dispor de tempo para pesquisar esse novo homem que surge justo nessa convulsão global, exigindo nossa união e a concentração de nossas energias.

— Por outro lado, se houvesse tempo para pesquisar, para verificar cada uma das habilidades, Ryann, com certeza, seriam construídos laboratórios, campos de concentração modernos, nos quais os novos humanos seriam cobaias em cativeiro. Sabemos não ser fácil para o homem atual, ou melhor, para aqueles que detêm o poder político, econômico ou militar, aceitar o surgimento de uma casta de pessoas dotadas de potencial psíquico além do convencional.

— Pode ser bem verdade, lamentavelmente. De qualquer modo, Michaella, venha até nós, pois precisamos nos reunir urgentemente. Aliás, acredito que já passou da urgência. É muito importante sua contribuição a fim de encontrarmos uma solução.

— Sim, Ryann. Verei com Orione e darei uma resposta breve. Já que fala tanto em urgência, poderia me adiantar alguma coisa. Pelo que tenho visto, existem focos de problemas por todo lado.

— Venha, Michaella, e aqui lhe falarei abertamente. Corremos o risco de ser interceptados por meio de algum dispositivo de comunicação, e o que temos pela frente deve ser muito bem compreendido antes de chegar a público.

O implante óptico foi desligado do outro lado, deixando uma Michaella preocupada e relativamente sombria. Que Ryann tinha em mente? Algo mais sério que a destruição de uma cidade como Nova Iorque? Algo mais assustador do que o fato de diversos locais mundo afora terem sido atingidos pelos pedaços de Seth?

Orione respeitou o momento de silêncio de Michaella e aguardava pacientemente enquanto ela digeria o conteúdo da conversa que tivera com Ryann.

Os dois viajaram um pouco mais para outras localidades com o objetivo de acompanharem os novos homens nos trabalhos de resgate, dando orientações e dividindo experiências.

Depois de muito hesitar, Michaella resolveu atender ao apelo de Ryann e partir a seu encontro. Mais tarde, chegaria a lamentar a procrastinação em lhe atender, causada por sua impulsividade diante das emergências.

— Você viu, Michaella? — indagou Orione ao observar as coordenadas dadas por Ryann. — Notou onde estão radicados os cientistas?

— Sinceramente, Orione, estou tão cansada e tão atarefada que nem me interessei pelos detalhes. Ainda bem que tenho você por perto.

— É junto aos Montes Urais. Parece-me que estão justamente numa das cidades construídas recentemente, que abriga grande número de membros da comunidade científica internacional.

Orione examinou melhor e viu imediatamente as conexões de lugares que, em plena década de 2080, haviam se transformado em polos de intensa atividade em ramos do conhecimento como a astronomia e a física.

Michaella observava o holograma que projetava o mapa da região e disse:

— Pelo menos, gosto bastante da porção europeia da Rússia. Convém nos dirigirmos para lá, não importa por que meio de transporte, mas só assim conheceremos o mistério de Ryann.

Os dois pegaram um trem-bala até Moscou, de onde preferiram seguir a bordo de uma espécie de carro voador. Somente após cerca de cinco horas de viagem conseguiram chegar à região dos Urais. Lá esperava por eles alguém que os levaria até a cidade onde os cientistas se reuniram.

— Saudações! Sou Irina Prokofiev e venho em nome de Dr. Ryann.

Os dois se apresentaram à mulher, que os conduziria até a base dos cientistas. Aos olhos de Michaella, tudo se afigurava muito misterioso. Orione apenas a acompanhava, pois decidira não a deixar sozinha outra vez em meio às turbulências daqueles tempos incomuns. Pouco importava qual fosse a natureza do desafio, permaneceriam juntos. Isso era fora de questão. Bastava Orione se lembrar dos acontecimentos recentes nos EUA para que lamentasse amargamente não ter partido com ela do Brasil, quando acabou prisioneira nas instalações militares.

Depois de certo tempo que chegaram aonde Ryann estava, Michaella pôde reencontrar antigos amigos, como Dr. Willany, Mike Dong, o astrofísico canadense, e Vran Kaus, o astrofísico companheiro de descobertas do asteroide. Ela estava em meio à elite científica. Não obstante, mesmo ante explicações, era capaz de sentir cheiro de alguma coisa no ar. Fitou Orione, que soube muito bem interpretar o tom grave da expressão dela. Sem muitas delongas, Ryann foi o porta-voz dos presentes:

— Pois bem, Michaella. Infelizmente, não temos notícias tão animadoras, não, mas é exatamente por isso que a chamamos aqui, pois você foi uma das pessoas que, juntamente com Vran Kaus, fizeram a descoberta do asteroide Seth quando nenhum cientista o havia detectado. Desde então, estamos varrendo o espaço à procura de qualquer sinal de ameaça à humanidade.

— E descobriram algo, com certeza! — exclamou a mulher interessada e, ao mesmo tempo, preocupada.

Desta vez, após um sinal de Ryann, Vran Kaus tomou a palavra:

— Detectamos algo que viaja com destino à Terra, Michaella. Parece-nos que, durante a explosão de Seth, conforme você havia previsto, diversos pedaços se dispersaram pelo espaço. Agora, identificamos um corpo que pode muito bem ser uma parte maior do asteroide ou outra, entre centenas que existem, e ruma em nossa direção.

— Apesar disso, estamos perplexos é com outra constatação. Há evidências robustas de pontos de luz perfeitamente identificáveis que se aproximam da órbita terrestre. Talvez sejam as mesmas naves que foram reconhecidas meses antes, mas que, diante de tantas ocorrências na Terra, passamos a não monitorar. Provavelmente, ante as ameaças internas, deixamos escapar algo deveras importante. As naves se deslocam em direção à Terra inequivocamente.

— E mais: temos certeza de que são naves extrassolares, ou seja, vindas de outro sistema, pois, pelos sinais apresentados tanto nos radares de Cidônia quanto nos radiotelescópios em Ganimedes, não se vê semelhança alguma em relação a naves com que já tenhamos deparado.

— Já fizeram os cálculos de quanto tempo levarão até chegarem ao nosso mundo? A respeito do asteroide, estão realmente convencidos de que a rota é de colisão conosco? — perguntou Michaella, enquanto um holograma era projetado à frente de todos, ilustrando as duas descobertas.

Diante dos fatos apresentados, antes mesmo que se ouvissem as respostas, Orione deixou escapar:

— A humanidade não está preparada para eventos tão difíceis ou complexos assim. Não sei se sobreviveremos a tudo isso.

Michaella olhou para ele em tom de reprimenda. Orione entendeu. Aliás, não havia como ignorar o olhar de uma mulher quando essa dardejava sua desaprovação em qualquer sentido. Sem se render às palavras do companheiro, Michaella parecia ter sido despertada em seu lado cientista, adormecido há certo tempo. Ela pediu para prosseguirem, uma vez que havia ali algumas pessoas às quais ela ainda não fora apresentada, mas que estavam, como ela, ansiosas pelas notícias.

— As naves foram avistadas antes, meus caros — falou Dr. Ryann para todos, dirigindo-se especialmente aos recém-chegados. — No entanto, de alguma maneira, como bem disse Dr. Vran Kaus, foram esquecidas devido às urgências ocorridas no planeta.

Mostrando alguns pontos luminosos na projeção à frente de todos, continuou:

— Estes pontos azuis, a mim me parece, depois de muito conversar com Kaus, que são algum tipo de sonda espacial. A basearmo-nos em sua velocidade e no movimento descrito em relação aos pontos maiores, que deduzimos serem as naves-mãe, concluímos que, há alguns meses, elas têm sido enviadas para observar os planetas solares, incluindo a Terra.

Todos se olharam preocupados, pois Ryann ainda não havia exposto sua opinião assim, de maneira tão aberta. O tom de seriedade e urgência usado por ele nas conversas com Michaella justificava-se por completo.

— Minha inquietação especial, senhores — interferiu Mike Doing, acentuando o nível de apreensão que era nítido dentro do laboratório —, é se os visitantes terão ouvido e interpretado as mensagens de rádio e as transmissões da NetCosmic e da NetVision. Pergunto ainda mais: uma vez que, desde o século passado, as transmissões de rádio se dispersam pelo cosmos, será que elas foram captadas por habitantes de outros mundos? Se porventura foram, qual será a ideia que têm a nosso respeito, como planeta, como humanidade, a partir de eventos como a Segunda Guerra Mundial?

Todos respiraram bastante apreensivos quanto às observações de Mike. Contudo, não era a hora de discutir o tema levantado, um desdobramento que suscitava ainda mais temores e especulações. O receio só poderia ser desvendado ao se descobrir se os visitantes eram criaturas tão belicosas quanto os terráqueos. Durante aquelas impressões preliminares que se trocavam ali, embrenhar-se em tal natureza de debate ameaçava pôr em risco o sentido e o objetivo da reunião.

— Mesmo sabendo da seriedade desse tipo de preocupação, caro Mike, temos por ora outros aspectos mais urgentes, nomeadamente a aproximação daquelas luzes ou naves e a preparação para um eventual contato — ponderou Dr. Arthur Herrieth, o pesquisador britânico que fora convidado de honra para aquela reunião. — E mais: como agiremos em relação ao fragmento de asteroide que parece derivar no espaço? Ao que me consta, nem sequer conseguimos projetar a rota exata que seguirá esse outro filho de Seth. Sabemos apenas, pelos primeiros cálculos, os quais exigem confirmação, que tem massa e dimensões muito maiores do que os outros fragmentos que alvejaram a Terra.

Um burburinho se ouviu no ambiente, que

reunia os mais expressivos nomes da comunidade científica internacional.

— Notamos o seguinte em nossas observações, amigos — manifestou-se Sergei Zhirinovsky, que ainda não havia sido apresentado a Michaella nem a Orione e se mantivera, até então, observando —: os pontos de luz mostrados neste holograma e identificados por nós, ao menos até o momento, como naves espaciais têm passado de um planeta a outro furtivamente.

Ao dizer assim, ampliou centenas de vezes a projeção, de maneira que todos pudessem ver detalhes da movimentação dos objetos celestes. Continuou:

— Sabemos que as bases terrestres em Cidônia e em Ganimedes tentaram contatá-los, mas não obtiveram resposta — e concluiu tão repentinamente quanto iniciara sua participação.

Todos se inclinaram em direção às imagens a fim de observarem o movimento dos pontos luminosos.

— Ao se detectarem possíveis seres extraterrestres penetrando o Sistema Solar e vindo em direção à Terra, surgem algumas perguntas que se afiguram essenciais — tornou Vran Kaus —, ainda que possam parecer secundárias, uma vez que se deve lidar impreterivelmente com a questão do asteroide.

Orione ouvia ansioso, pois lhe preocupava mais a situação global um tanto caótica, desde a conjuntura social e econômica até os desastres naturais, como as enchentes e o derretimento de calotas polares, já que cidades inteiras estavam submersas, passando por outros fenômenos, tais como o aumento da incidência de epidemias após certos maremotos, os quais varreram ilhas inteiras do mapa e modificaram a geografia terrena para sempre. Ele tinha os nervos à flor da pele. Ignorando o estado do padre e nem sequer compreendendo sua presença ali, Vran

Kaus prosseguiu:

— O grande problema que vou formular, sobretudo ante o quadro político atual, as disputas entre nações, a oscilação das bolsas de valores, que ainda se recuperam do colapso quase completo que experimentaram no auge da crise, é o seguinte: não seremos nós que vamos decidir a respeito, mas pergunto a vocês como será o encontro de raças diferentes — nós, os terrícolas, e esses visitantes do espaço justamente nesta conjuntura... Quais seres humanos poderão ser escolhidos para representar a humanidade nesse encontro?

— Nessa mesma linha — acrescentou Ryann —,

indago: serão os extraterrestres indivíduos pacíficos, pelo menos segundo nosso ponto de vista? Se porventura tomarmos nossa história terrena como base... E mais: como será que agirão os líderes dos países, e os militares de forma especial, na iminência da chegada de seres do espaço? Concluímos, evidentemente, que, para virem até aqui desde outro sistema, eles tenham desenvolvido tecnologia muito superior à nossa. Isso, é claro, desperta o interesse da indústria tecnológica e armamentista. Como procederão, diante desse fato, autoridades e agentes do poder econômico que sobrevivem da guerra atualmente? Serão os visitantes considerados invasores? De que modo eles verão os povos da Terra? A meu juízo, este é o pior momento para recebermos uma expedição desse tipo em nossa casa planetária.

Todos permaneceram calados, pois, para aquelas perguntas, ninguém detinha resposta. Os cientistas se debruçaram sobre cálculos e mais cálculos a partir da conferência realizada ali, nas proximidades dos Montes Urais. Michaella ficou totalmente absorta nos estudos, na companhia dos colegas, até porque precisavam decidir quanto ao anúncio das notícias a respeito do fragmento de Seth e dos prováveis visitantes do espaço, ambos em órbita terrena. As perspectivas não lhes eram agradáveis.

CONTUDO, NÃO FOI SOMENTE A elite dos cientistas que descobriu os eventos cósmicos. Um grupo de amadores também conseguiu detectar tanto o asteroide quanto as luzes interpretadas como sondas espaciais, enviadas por visitantes do espaço para conhecer o mundo a ser explorado. Entrou em cena o grupo de *nerds* dos anos 2080.

— E então? Vamos avisar as autoridades sobre nossa descoberta? — falou um dos jovens afoitos, o universitário John Avignon. — Podemos ganhar muito dinheiro com isso.

— Dinheiro, John? Você está louco? Precisamos bolar um plano para não sermos presos ou considerados causadores de pânico. Com essa informação podemos detonar o mundo. Até porque todos estão de olho nos problemas inerentes ao próprio planeta.

— Isso mesmo! Quando perceberem que fomos capazes de usar satélites apenas manipulando informações na NetVision, seremos caçados como animais. E a preço de diamante! — sentenciou Robert.

— Não sei o que fazer, amigos... Podemos espalhar

os dados pela NetVision. Quem sabe? E pedir ajuda a algum cientista?

— Seria o mesmo que colocar fogo na fogueira, John. A chance de sermos interceptados pelo pessoal do governo é grande — respondeu Alter Lineu, o mais sensato dos amigos.

— Convém juntar informações — tornou John — sobre todos os contatos extraterrestres já realizados ao longo do século. De posse desses dados, podemos difundi-los na rede. Sei como criar um endereço fictício no sistema subluz, disfarçando-o em pelo menos dez pontos distintos.

Depois de algum tempo em silêncio, entreolharam-se e resolveram levar a cabo a ideia de John, sem analisá-la pormenorizadamente. Não sabiam nem mesmo quando as naves teoricamente chegariam ao planeta; a euforia era o tom dominante.

Aquele foi o impulso que faltava para que as informações viessem a público. A partir dali, o grupo também trouxe à tona arquivos de certos contatos realizados entre potências da Terra e raças alienígenas, principalmente de 2020 em diante. Outros *nerds* igualmente se ocupavam ao máximo da difusão das notícias, de tal modo que qualquer tentativa de rastrear a origem do conteúdo se perderia em mais de cem pontos ao redor do globo. Aqueles jovens sabiam muito bem disfarçar sua digital holográfica dentro do sistema subluz.

DIANTE DE TANTOS ACONTECIMENTOS, algo permanecia inexplorado. Quando os fragmentos de Seth se chocaram com a Terra, unidades minúsculas foram espalhadas pela superfície e na atmosfera do planeta. Micropartículas de pedras e detritos, próprios de uma explosão, foram arremessadas por todo lado. Com a queda dos pedaços maciços do asteroide, que havia causado tamanha catástrofe, era natural que não se desse atenção a esse ponto. Porventura os detritos poderiam trazer agentes patogênicos do espaço? Alguém chegou a pensar nessa hipótese? Ninguém saberia dizer. Além do mais, um novo corpo celeste se aproximava. Ocasionaria estrago em proporções iguais ou maiores?

Desde a metade do século XX, cientistas de todo o mundo procuram evidências de vida no Sistema Solar e fora dele. A principal ideia de busca de inteligência extraterrestre nasceu a partir de um artigo publicado na revista científica *Nature*, escrito por Giuseppe Cocconi [1914–2008] e Philip Morrison [1915–2005], dois físicos muito conceituados da época.[2] Demonstraram que os radiotelescópios modernos podiam enviar sinais de rádio para o cosmo, o que pareceu um grande feito com os novos instrumentos, conferindo novo brilho àquele período científico. Mesmo depois de algumas décadas de tentativas, não foram capazes de detectar sinais de vida inteligente advindos das estrelas. Prosseguiram apesar disso, pois só se podiam imaginar as consequências e a importância filosófica de tal feito caso tivessem êxito. Não obstante, como preconiza o axioma científico, a ausência de evidência não significa evidência de ausência, e, assim, as experiências não cessaram ali.

Sabe-se, por exemplo, que a Via Láctea é grande e velha o suficiente para abrigar civilizações mais avançadas, que precederam a nossa. Onde estariam tais civilizações? Por que se esconderiam de nós? Por que não eram detectadas por meio de radiofrequência?

2. COCCONI, Giuseppe. MORRISON, Philip. Searching for Interstellar Communications. *Nature*, Londres, n. 184 (4690), p. 844-846, 19 set. 1959.

Quem sabe isso se devia a um tipo de inteligência diferente da humana, com raciocínio que nos escape por completo? Não havia resposta para tais perguntas ainda. Talvez a lógica alienígena os levasse a ficar em silêncio, ao contrário do que escolhemos ao povoarmos o cosmos com sinais de rádio de variado espectro. Quem sabe, ainda, a maioria das espécies avançadas tenha se autodestruído, como os terráqueos pareciam prestes a fazer? Também não se sabia, mesmo naquela década inusitada de 2080.

Outra possibilidade é que, de posse de um conhecimento muito avançado para os padrões terrenos e por precederem por larga vantagem a espécie humana — relativamente jovem na galáxia —, habitantes de outros orbes saibam que, pelo universo afora, existem seres bastante desenvolvidos, mas também belicosos. Por isso mesmo, possivelmente, tenham preferido guardar silêncio ao invés de irradiar mensagens ao léu, pela galáxia, evitando, desse modo, revelarem-se a inteligências nada amigáveis. Bem diferentemente do que se fez na Terra. Emitir sinais para o espaço, informando nossa localização para quem quer que porventura esteja à espreita, não soa prudente. Quais as consequências disso? Foram devidamente avaliadas, sobretudo no que concerne aos aspectos ético e moral de civilizações ignotas da imensidade?

Todas eram questões para as quais não havia respostas. Pelo menos não na década de 2080. Sabe-se apenas que a humanidade terrena é muito, mas muito jovem, num universo muito, mas muito velho. Caso os pontos luminosos fossem mesmo naves tripuladas por seres do espaço, sua aparência provavelmente seria inimaginável, tais como as armas de antigos conquistadores europeus se afiguraram séculos antes aos povos das Américas, acostumados a artefatos mais rudimentares.

Enquanto isso, materiais e amostras eram coletados não somente na Terra como em todos os planetas do Sistema Solar. Sem que nenhum terráqueo percebesse, apesar do pretenso avanço científico do último quarto do século XXI, os homens não seriam capazes de detectar aparelhos de extrema sofisticação transferidos para sua morada pelos filhos de Seth. Tratava-se de um tipo de artefato tão imensamente distinto, em escala microscópica tão menor que a nanotecnologia terrena, que, por isso mesmo, escaparia do escrutínio dos instrumentos então disponíveis.

Ao se estudar a história da civilização — por

exemplo, os primeiros contatos dos descobridores, na época de Cristóvão Colombo [1451–1506] —, nota-se como os incas do altiplano peruano foram esmagados após a conquista de Francisco Pizarro [c.1471–1541], a partir do ano 1526. Depois de aprisionar o imperador Atahuallpa, por sua vez envolvido numa guerra civil em que disputava o trono com seu irmão, o império estava enfraquecido, e o território que ocupava se retraía. A despeito da enorme vantagem numérica do exército de Atahuallpa [c.1502–1533], que contava com dezenas de milhares de homens, contra menos

de duzentos espanhóis de Pizarro, em poucas décadas o império inca alcançou seu fim; colapsou-se diante das armas de fogo e, principalmente, da gripe, da varíola e da caxumba que os europeus trouxeram ao Novo Mundo. Submeteram a civilização inca a isso em parte porque desembarcaram com algumas dezenas de cavalos, que espantaram a população nativa, pois aqueles animais já eram extintos na América. Era algo banal para os conquistadores, mas surreal para os indígenas.

Situação análoga se viu quando do confronto entre outros povos, tal como ocorreu com o império romano, ao prevalecer sobre tão grande número de nações, ou com os europeus, quando chegaram a diversos pontos do continente africano. As guerras que se seguiram são ilustrações do que pode acontecer no choque entre civilizações tão diferentes, sendo uma delas tecnicamente menos avançada e, não apenas por isso, mais propensa a se abater diante de conquistadores. Fato é que os precedentes na história humana não são animadores no que concerne ao encontro de culturas diferentes.

A DESPEITO DE TODAS E TANTAS apreensões, transcorreram-se os dias, as semanas, os meses e alguns anos, sem que os alienígenas aportassem na superfície, pelo menos da forma como Michaella e os demais cientistas esperavam. Como entender o que se passava? As naves extraterrestres aproximavam-se e, depois, retornavam, como se realizassem observações e medições, estudando e explorando pormenorizadamente aquele quadrante do Sistema Solar.

— Quem diria, doutores? — falou Michaella. — Cinco anos e meio se passaram, e nada de contato direto. Já não resta dúvida, porém: são seres extraterrestres, definitivamente.

Todos menearam a cabeça num misto de concordância e espanto... Até que ela mesma propôs outra questão:

— Preocupa também a rota do asteroide.

Foi Dr. Willany quem respondeu de imediato, talvez denotando que era menos incômodo tratar de um fenômeno com o qual havia relativa familiaridade e, portanto, ao menos em tese, para o qual existia mais previsibilidade:

— Está aí um enigma que não conseguimos resolver e, creio, estamos ainda distantes de solucionar, minha cara.

— Também já me debrucei sobre cálculos e mais cálculos e não pude chegar a nenhuma conclusão, amigos. Os dados demonstram, de modo inequívoco, que o asteroide tem sua rota alterada periodicamente, como se fosse guiado por alguma inteligência. Parece ser afetado pela gravidade ao passar junto às órbitas de alguns planetas, e, dada a velocidade dele, tudo indica que ainda demorará um tempo para se aproximar da Terra, de maneira a se converter numa ameaça concreta.

— Nestes anos todos — interferiu Orione, que, naquela altura, já havia se entrosado com os cientistas —, gradualmente, o mundo tem se reconstruído. Já existe um projeto em andamento, financiado por chineses, para reerguer Nova Iorque. Segundo li, desenvolveram um tipo de material que, na aparência, assemelha-se ao vidro, contudo é muito mais resistente. Diversos prédios se constroem com esse elemento, cuja matéria-prima foi trazida de escavações feitas em luas mais próximas do Sistema Solar.

— Pois é... a ganância das grandes corporações é imensa, pois, desde o impacto de Seth, a corrida espacial foi estimulada exponencialmente, atraindo mais de vinte vezes o investimento de décadas precedentes. Todos querem lucrar com os minérios novos encontrados em rochas no espaço ou em luas de planetas intrassolares. Após pesquisarem os fragmentos de Seth, acharam evidências de minerais diferentes de tudo o que temos por aqui.

— Bem, isso era inevitável; é como as coisas funcionam. De qualquer maneira, não deixa de ser preocupante a situação do asteroide que vem em nossa direção. Conforme me consta, de acordo com nossas estimativas, em no máximo um ano e meio ele passará próximo da Terra — Dr. Willany procurou voltar ao tema central, pois não queria entrar numa discussão marginal com o colega, num assunto sobre o qual tinham grandes divergências. Para ele, chegava a ser irônico um cientista reclamar de investimento para expandir as fronteiras do conhecimento.

— Mas a perspectiva não era a de que ele se chocaria com o planeta?

— Sim, não fosse a influência das órbitas de Júpiter e Urano, que exerceram certa atração sobre o asteroide, o que fez com que ele modificasse o curso em alguns graus, o suficiente para não nos atingir em cheio. No entanto...

— Há mais coisa que ignoramos?

— As observações ainda estão em andamento. Empregamos os radiotelescópios de Ganimedes. Porém, os dados não são conclusivos.

— Mas o que revelam até o presente momento?

— Não parece que o asteroide se comporta como outros em sua trajetória. Além do mais, o que sugeria ser mero fragmento de Seth, no último ano, tem se afigurado totalmente diferente. O formato do bólido que observamos agora se assemelha mais a uma espécie de lua do que a um asteroide... Só foi possível notar essa característica depois que cruzou a órbita de Netuno. Nossos radiotelescópios permitiram identificar um movimento radicalmente distinto do dos demais asteroides observados no passado. Não é só. De acordo com dados mais recentes, ele é dotado de atmosfera, muito embora rarefeita demais para abrigar a vida como e a entendemos na Terra. Por último, ao que tudo indica, a velocidade com que se desloca não é de todo uniforme, tampouco a rota adotada, conforme Michaella dizia.

— Por isso mesmo, senhores — tornou ela —, temos de convir que a hipótese mais plausível é a de que não se trata de um asteroide, apesar de sua constituição rochosa e do fato de ser um corpo natural, e não artificial, fatos que explicam o engano em nosso julgamento prévio.

E, após uma pausa dramática, em que tomou fôlego para expor sua dedução controvertida, ela arrematou:

— Creio firmemente: estamos diante de algo nunca visto por nenhum ser humano.

Os cientistas olharam-se, enquanto cada um tinha os dados projetados em suas telas de cristal.

— Isso descarta a hipótese de que talvez seja um dos fragmentos de Seth...

— Exatamente! — exclamou Michaella. — Mesmo que a maioria dos pesquisadores se recuse a considerar qualquer ótica assim como alternativa viável.

— Se um asteroide é um corpo que tem sua rota definida em torno do Sol, e esse se comporta como um objeto guiado, então foge completamente do padrão que conhecemos. Definitivamente, não é um asteroide. Sendo assim, mesmo que venha em direção à Terra, não colidirá conosco.

— Sob esse aspecto, a notícia é bem melhor do que esperávamos, mas, por outro lado, resta a dúvida: que será esse objeto assim tão grande? Se é um bólido natural e não artificial, o que explica ele se deslocar como se fosse teleguiado? Como pode reduzir a velocidade e mudar a rota? — ponderou Sergei Zhirinovsky, um dos pioneiros na descoberta de objetos espaciais vindo em direção à Terra.

Michaella fitou os amigos com certo ar de desconforto. Já ia esboçar seu pensamento quando Willany se adiantou, falando:

— Esse é um dos mistérios de nossa época, amigos; um mistério que poderá acarretar imenso impacto sobre nossa civilização. A partir do que temos discutido, os objetos voadores são naves... não há como escapar dessa conclusão. Ao lado disso, detectamos outros pequenos objetos, quase pequenos demais para serem examinados, dirigindo-se a diversos planetas do sistema, muito embora não os tenhamos observado na Terra. A dedução lógica é a de que estamos sob observação, sendo monitorados de alguma maneira, e, a despeito de toda a nossa tecnologia, não somos capazes de travar contato com as naves.

— Mas o fato de não termos detectado nenhuma dessas supostas sondas na órbita da Terra não significa que já não estejam no planeta, senhores — interferiu Arthur Herrieth. — Agora está claro por que toda vez que enviamos sondas pelas bases de Ganimedes e de Marte o tal objeto, que pensávamos se tratar de um asteroide, parecia desviar alguns graus apenas, o suficiente para fugir da aproximação de nossos equipamentos. Ainda assim, nenhuma resposta a nossas tentativas de comunicação e, ao mesmo tempo, nenhuma atitude hostil. Preocupa-me bastante, amigos, se os cientistas se aliarem aos militares e acabarmos assistindo a algo similar à medida tomada em relação a Seth.

— Caros — interferiu Mike Doing —, acho que a coisa mais drástica está exatamente à nossa frente, nas telas de nossos computadores quânticos. Aquilo que ocupa nossa atenção no espaço, por mais dramático e complexo que seja para nosso planeta, talvez seja a resposta do universo aos problemas humanos, uma cirurgia em dimensões cósmicas.

Michaella olhou furtivamente para o amigo canadense, e ele talvez tenha entendido que ela percebera em suas palavras a implicação de que os acontecimentos atuais teriam um significado metafísico. Porém, preferiu não comentar, deixando o assunto para depois, quando estivessem sozinhos, a fim de não chamar a atenção dos demais.

LONGE, NO ESPAÇO, EM UMA LINGUAGEM ainda desconhecida pelos homens, seres estranhos à humanidade terrestre se comunicavam:

— Muito esquisitos os habitantes deste mundo. Ainda bem que vínhamos monitorando suas interações desde algumas unidades de tempo.

— Parece-nos, comandante, que, apesar de certo avanço que os diferencia de povos de planetas inferiores, eles ainda se prazem em destruir a si mesmos em vez de ampliarem sua ação para outros mundos deste sistema. Ao mesmo tempo, ameaçam acabar com o próprio orbe.

— Não permitiremos isso de forma alguma.

— Além do mais, enviaram seu endereço cósmico diretamente para o espaço. Fizeram um convite ingênuo e tolo a todas as potências em ação nas proximidades desta galáxia.

— Por isso, acredito que não são tão desenvolvidos assim. Nenhuma civilização que conhecemos até agora mandaria seu endereço cósmico de forma tão irresponsável assim, sem saber o que existe no espaço e sem conhecer quem receberia as coordenadas galácticas.

Não comentando o pensamento do outro ser, o comandante acrescentou:

— Vamos proceder como sempre fazemos. Segundo os dados que temos colhido, a tecnologia deste mundo é análoga à dos brinquedos de nossas crianças. Não iremos aniquilar o sistema de vida deles nem permitir que eles o façam. Este globo, conforme nossas observações mostram, é dos mais belos que já encontramos em toda a nossa peregrinação pelo cosmos. Convém chegarmos disfarçados, de maneira a impedir que os seres atrasados deste orbe tão precioso para nós comprometam o bioma em que vivem.

"Lembra, de certa forma, o antigo planeta, a morada que destruímos um dia. Temos a obrigação de não deixar que sejam insensatos como fomos. Confesso que já estou cansado de viver entre as estrelas, vagando entre um sistema e outro, plantando sementes de nossa civilização. Não precisamos de mais colônias, mas de um lar. Quem sabe possamos conquistar este mundo sem destruí-lo e reconstruir nossa civilização?"

Falando assim, um dos membros longilíneos acionou um equipamento desconhecido e deu ordem para as naves aproximarem-se do terceiro mundo do Sistema Solar.

A milhões de quilômetros, olhos expressivos observavam aquele globo que, do espaço, parecia uma pérola cintilante, iluminada pelos raios de uma estrela dourada. A nave-mãe, o objeto espacial que descrevia a trajetória incomum para os padrões humanos, aproximava-se furtivamente, evitando contato direto com seus equipamentos primitivos. Queriam postergar ao máximo o choque de culturas, desnecessário até aquele momento.

EM UM RECANTO DO PLANETA, histórias e mais histórias se desenvolviam, cada qual aparentemente independente uma da outra. Entretanto, sem que seus protagonistas soubessem, elas estavam intimamente interligadas. Enquanto Nova Iorque era reconstruída pela força da indústria chinesa, em outros locais ressurgiam novas cidades, ainda que nem sempre na velocidade de que a população necessitava. Apesar das preocupações da comunidade científica internacional quanto aos objetos voadores que sempre escapavam às sondas terrestres e da completa ignorância sobre o que eles representavam, tudo indicava que a humanidade se habituara, ao longo daqueles cinco últimos anos, a conviver com estranhos equipamentos no espaço.

Em diversos lugares, surgiam alternativas de vida totalmente diferentes do que ocorria nas maiores e mais poderosas nações do planeta. Por incrível que pareça, era nos países menos desenvolvidos que renascia esperança para o homem do fim do século. Do Brasil emergiu um novo movimento. Um sopro de espiritualidade independente começou a irrigar a aura do planeta após os acontecimentos drásticos.

O novo edifício das Nações Unidas foi o primeiro a ser erguido na Nova Iorque que era reconstruída. Não obstante, em outros lugares, novas ameaças de guerra e novo avanço do antigo comunismo e de políticas populistas prometiam aos habitantes do planeta soluções salvacionistas e milagreiras em face dos desafios da humanidade. Porém, o mundo estava farto de sistemas dessa natureza.

Devido ao grande número de problemas ambientais e sociais, pôs-se em xeque o velho modelo de organização política, que parecia acentuar as dificuldades e os impasses devido às barreiras entre nações. Atenuar e, em diversos casos, até eliminar as fronteiras territoriais entre países confirmaram-se como a tendência prevalente, a qual já era apontada por muitos como solução. Em meados da década de 2080, desencadeou-se um processo que visava a declarar os cidadãos de qualquer lugar como do mundo. Cada país seria apenas um distrito, conservando culturas e características sociais próprias. Como ante quase toda proposta, havia defensores e críticos; naquele momento, porém, a medida traduzia o esforço do homem em se acostumar a se ver como cidadão do planeta Terra.

Em diversas áreas, notavam-se avanços, embora ainda houvesse os que tentavam dominar e manter-se no poder, mesmo depois das grandes catástrofes. Talvez fosse o desespero final de quem sabia não existir lugar para si no novo mundo que surgia. Segundo tudo indicava, o parto do planeta estava perto do fim.

CAPÍTULO 8
FUTURO ALTERNATIVO I:
OS VISITANTES

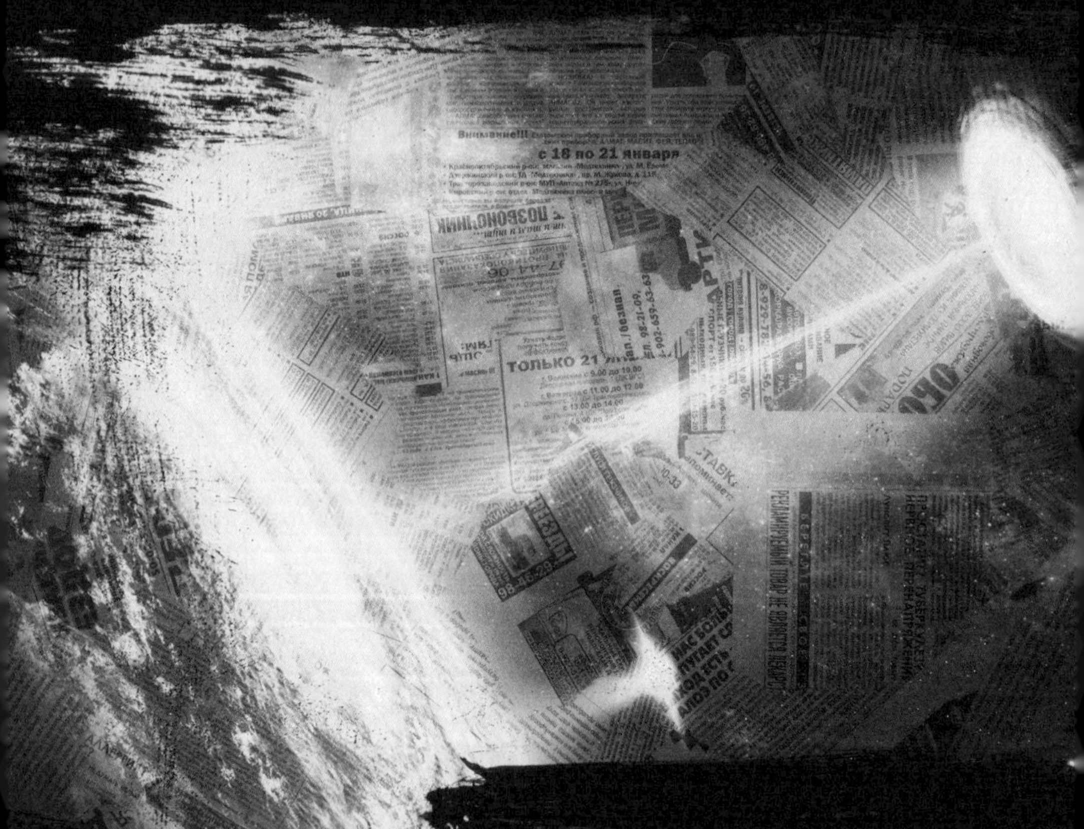

Transformação intensa parecia estar em curso. Em alguns lugares, dava a impressão de as coisas terem piorado. Em outros, notava-se evidente melhora, muito embora, tomando-se o planeta em sua totalidade, ainda fosse pouco para se falar em processo regenerativo. Contudo, todos aqueles acontecimentos a partir de 2080 levavam à conclusão de que o mundo estava em plena transição.

No Brasil, um encontro no mínimo estranho, incomum, assinalava uma nova fase de progresso. O papa pedira uma audiência com o novo líder no Brasil. O teor da conversa não pôde ser divulgado; somente conjecturas sobraram a respeito.

— Você é um homem muito diferente, meu caro — falou Pedro II para o homem à sua frente. — Parece que nem é deste planeta!

— Não entendi o significado de sua fala, Santidade — redarguiu Maitrá, em meio a uma risada.

— Por favor, não me chame de Santidade. No mundo em que vivemos na atualidade, não há como manter antigos títulos e posições descabidas. Os títulos apenas nos impõem mais responsabilidades.

— Com certeza, senhor — respondeu o líder brasileiro, que a cada dia alcançava mais notoriedade, não somente no âmbito nacional, mas internacionalmente. — De toda forma, sou humano como qualquer pessoa deste planeta.

— Esse é justamente o problema... — rebateu o pontífice. — Neste mundo em que vivemos, nem todos são humanos como se crê.

— Não entendi, senhor!

— Não se esqueça de que vivi por muito tempo no Vaticano e tive condição suficiente para me aprofundar em pesquisas e mais pesquisas nos arquivos secretos da Santa Sé, muito antes de a cidade dos papas ser parcialmente destruída pelo asteroide. Aliás, foi em grande parte com base no que estudei que resolvi empreender as mudanças em toda a organização católica. Não somente eu, mas o grupo de cardeais que escolhi para fazer parte do colegiado apostólico; todos participaram ativamente das mesmas pesquisas. Sabe de uma coisa?

O interlocutor permaneceu calado, ao mesmo tempo interessado nas palavras de Pedro II e incomodado com o rumo da conversa.

— Entre muitas coisas que descobrimos, amigo — se é que posso chamá-lo de amigo, é claro...

— Sim, com certeza, senhor!

— Pois bem, entre tantas coisas que descobrimos, uma delas, se não a mais importante de todas, é o fato de que existem muitos seres de outros mundos infiltrados em meio à nossa humanidade. Alguns, é claro, nem tão bem-intencionados assim. Além do mais, existem seres também *do outro mundo*, e não somente de outros mundos, que manipulam os destinos de muitas nações, incluindo o Vaticano e o próprio Brasil.

O homem tentou aparentar que não dava importância à fala do novo apóstolo, usando uma tática que aprendera a fim de desviar o foco da atenção, porém, Pedro era um homem perspicaz, excelente estrategista e versado em recursos psicológicos e de comunicação.

— O senhor fala de seres do outro mundo se referindo a seres espirituais?

— Algo assim, meu caro, algo assim... No entanto, falo de seres perigosos. Trata-se de um conhecimento que a Igreja até admite, mas somente dentro de círculos muito estreitos.

— Mas tais seres espirituais detêm algum controle sobre a Igreja, como faz supor? Há evidências que possam fundamentar essa hipótese?

— Tenho absoluta certeza disso, caro Maitrá! Os

onze e eu nos deparamos com dois desses seres materializados à nossa frente, enquanto o terceiro ainda terminava o processo de materialização. Estávamos em um dos arquivos secretos do Vaticano. Tudo ocorreu bem antes de eu ser eleito novo papa, há cerca de dez anos. O impacto dessa experiência sobre nós foi extraordinário. Foi aí que decidimos agir, pois havia ficado claro que a cúpula da Igreja vinha sendo manipulada quase que inteiramente por tais seres. Anos mais tarde, pouco antes da minha condução ao trono de São Pedro, deparamo-nos com um ser do espaço, isto é, alguém como você — disse abertamente, sem dissimular seu conhecimento da realidade —, infiltrado na organização do Vaticano, mais precisamente, ligado ao Banco do Vaticano e com livre acesso aos arquivos mais secretos e antigos.

Calculadamente, Pedro desviou sua fala para um assunto tangencial, como a relativizar o peso do que mencionara há instantes.

— Por acaso já imaginou o que se pode encontrar nesses arquivos, meu amigo? — e silenciou após a interrogação, dando oportunidade ao homem com quem conversava de digerir o fato de que o papa detinha conhecimento acerca de sua verdadeira natureza.

Passados dois ou três minutos, durante os quais lhes servia uma bebida, Pedro arrematou:

— A Igreja romana é a organização mais antiga do mundo. Teve seus tentáculos estendidos em todas as direções e até praticamente todos os povos deste planeta, em algum momento, desde que foi fundada.

Maitrá não pôde mais disfarçar o incômodo adiante da menção a seres infiltrados, como ele próprio.

— Como assim alguém como eu? — perguntou, demonstrando que se fixara no ponto-chave do que dissera o novo apóstolo, como este queria.

Pedro II olhou firmemente para Maitrá, o novo líder que se sobressaía em meio às transformações do país, e declarou abertamente:

— Sei que você não é exatamente humano como os demais de nós. E não se sinta acuado como se fosse descoberto por quem quer minar seus planos, meu amigo.

Pedro II falava enquanto tomava uma xícara de chá, descontraído, sem o rigor e as formalidades outrora impostos por sua posição. Apresentava-se como um homem comum, e sua atitude denotava uma realidade: o antigo sistema da Igreja fora revogado. Acrescentou:

— Também sei que é um dos bons e que está aqui para ajudar.

Maitrá não soube como se comportar perante o sumo pontífice, que era hábil ao escolher as palavras certas e lançava mão de aptidões psíquicas notáveis, eficientes para coibir interpretações distorcidas. Pedro tinha uma capacidade incomum de se fazer compreendido e favorecer seus interlocutores com a máxima clareza quanto ao que comunicava. Estes acabavam por se sentir mais seguros e, ao mesmo tempo, tinham a sensação de que seus pensamentos fluíam com mais sensibilidade, precisão e leveza. Ele descobrira esse dom quando dos primeiros embates com cardeais do Vaticano, muito antes de ser entronizado. A habilidade psíquica, quase um poder hipnótico, manifestava-se nele aliada a um profundo senso ético, o que induzia seus interlocutores a aceitarem mais rápido as ideias que Pedro irradiava de seu pensamento.

— Eu…

— Não se preocupe, amigo — retomou Pedro. — Com o tempo, aprendi a detectar seres de outros mundos infiltrados em nosso meio. Estudamos, os doze cardeais, diversas maneiras de identificar criaturas diferentes da espécie humana. Tivemos acesso a registros tão secretos para a maioria das pessoas, mesmo na Santa Sé, tal como para dirigentes de muitas nações, que, aos poucos, aprendemos a lidar com certas verdades não admitidas oficialmente e escondidas do público. Portanto, pude perceber sua atuação e saber que está aqui para ajudar. Sei até que já esteve na Terra antes, bem no início de nossa civilização... — Pedro esboçou um sorriso no rosto enquanto pronunciava as últimas palavras.

Maitrá respirou em certa medida aliviado diante da fala de Pedro, mas, mesmo assim, não se revelou por inteiro. Caminhou pelo aposento, tentando esco-
lher bem as palavras. Olhou profundamente os olhos de Pedro e, somente depois de se medirem por um tempo, teve coragem de dizer:

— Somos poucos aqui, na sua Terra, senhor; pelo menos, poucos os que viemos do mesmo planeta. Aqui estamos para auxiliar o homem terrestre a passar por um momento muito grave. Somos apenas oito espalhados pelo mundo. Entretanto, ao passo que nós temos como objetivo colaborar no momento de transição de sua humanidade, receio que existam outras criaturas com intenções bem diversas. Concentramos nossos esforços nas questões sociais, pois não temos permissão para agir em outras áreas.

Pedro II levantou-se e tocou levemente o homem à sua frente. Em seguida, sentenciou, com a voz quase embargada:

— Sei disso, meu amigo das estrelas, sei disso muito bem. Mais do que nunca nossa humanidade carece de ajuda externa. Porém, talvez tenhamos esgotado os recursos da misericórdia divina; talvez tenhamos feito por merecer nova etapa de aprendizado.

O modo como então os dois se olharam deu a entender que ali nascia uma grande amizade entre

seres bastante diferentes, mas com objetivos muito semelhantes, envolvendo o bem do ser humano.

Pedro II fez de tudo para fomentar a transformação do Brasil em um local mais seguro, fraterno e, ao mesmo tempo, pacífico. Um ano depois de se estabelecer no país, veria se concretizar o esforço conjunto do colegiado apostólico, sob sua condução, e de Maitrá, o novo líder, que logrou penetrar em diversos círculos sociais e religiosos e estender sua influência benéfica por toda a nação. Eleições gerais delinearam o futuro, designando um perfil diferente de governante e de parlamentar.

Contudo, o tempo ainda era de reconstrução e

de adaptação. No Brasil, o grau de tensão era ainda muito menor que noutros lugares. A situação geral do planeta inspirava extremo grau de cautela, dados o número e a natureza dos desafios.

DO OUTRO LADO DA BARREIRA da vida, os imortais lutavam para retirar da psicosfera do planeta centenas de milhões de seres que foram agrupados desde a segunda metade do século XX até aquele momento, conduzindo-os a outras estâncias do universo.

— Devemos providenciar o sistema de transporte dessas criaturas aos mundos onde serão alocados — falou um guardião da humanidade para outro, visivelmente preocupado com o grande contingente de seres reunidos na dimensão extrafísica do satélite natural da Terra.

O ambiente astral e etérico do orbe passava por severas transformações, que logo repercutiriam no âmbito físico. Havia muita movimentação em todas as dimensões da vida planetária.

Entrementes, a nave finalmente destacou-se das demais em seu cortejo pelo Sistema Solar. O sinal de alerta soou ainda quando o majestoso veículo guardava relativa distância da lua terrena. Porém, o alarme perdeu importância diante de um fato tão patente: a humanidade era visitada por seres das estrelas.

Os homens estavam ocupados demais com disputas de ordem territorial, uma vez que toda a geografia do mundo havia se modificado substancialmente diante de cataclismos e dos eventos geofísicos deles decorrentes. Vastas áreas se alagaram, e países tiveram o território diminuído repentinamente; ilhas se afundaram e, assim, outros foram tragados pelo mar. Sobreviventes e refugiados pleiteavam terras novas que se ergueram dos oceanos, principalmente

no Atlântico e em algumas regiões do Pacífico. Havia nações irremediavelmente afetadas por terremotos e outros fenômenos — entre eles, o impacto dos filhos de Seth —, as quais reivindicavam porções da África, além de regiões no deserto de Gobi, ao norte da China, onde pretendiam reconstruir sua cultura e estabelecer assentamentos, reiniciando sua história. As dissensões denotavam que a humanidade ainda se adaptava à nova situação geopolítica e social.

Além disso, militares e políticos discutiam, acirrando os ânimos sobretudo entre dois dos grandes blocos, o asiático e o europeu, ao disputarem novas reservas petrolíferas, ainda muito cobiçadas no fim do século. O bloco norte resolvera reconstruir-se, mostrando seu potencial histórico para reerguer-se após eventos drásticos, dessa vez, os cataclismos sem precedentes que destruíram Nova Iorque e boa parte da Califórnia. Descobertas de novas fontes de energia e de reservas de metais preciosos no subsolo de Marte e de Ganimedes também motivavam contendas e ameaças à paz.

Talvez por tudo isso, quando o alarme soou desde a Lua à Terra, bem como nas colônias em Cidônia e Ganimedes, nos núcleos de pesquisa lá estabelecidos, os homens estivessem atarefados demais com querelas humanas.

Nesse clima, a nave se aproximou da Terra sorrateiramente.

— Tenhamos cuidado, senhor! — alertou um dos seres da tripulação. — Os seres desta época parecem ainda mais perigosos e insanos do que os de outras épocas estudadas por nós. De acordo com os sinais de rádio e as transmissões que captamos há algum tempo, ainda brigam por fontes de energia e por itens essenciais à subsistência, como água potável. Não aprenderam a extrair energia do seu sol e muito menos a explorar pacificamente seu próprio sistema.

— Esta é uma época que apresenta desafios enormes. Não sei se seriam capazes de sobreviver a si mesmos sem interferência externa. Numa visão superficial de nossa parte, a impressão é que o objetivo é o autoflagelo — redarguiu o comandante da nave maior, ou nave-mãe. — Quem sabe, mediante nossa intervenção, cheguem algum dia ao tipo B das civilizações. Por ora, ao menos, não há sentido em temer sua tecnologia, tampouco em superestimar sua inteligência.

Nesse ponto talvez o alienígena tenha errado substancialmente. Mas, por enquanto, ele não sabia disso.

A nave aproximou-se da Lua, tendo o cuidado de adotar providências a fim de passar despercebida pelos radares ali instalados e pelos humanos que trabalhavam no satélite. O equipamento dispunha de um sistema de invisibilidade, projetado por seus campos de força.

— Acionem nosso sistema de camuflagem.

Os motores da nave modificaram por completo o som emitido, muito embora o ouvido humano não captasse mesmo o ruído original, devido à frequência com que se propagava. Anularam-se, a partir de então, as possibilidades de o veículo interespacial ser detectado por qualquer instrumento humano.

EM OUTRA DIMENSÃO DA VIDA, seres invisíveis mesmo aos recém-chegados contemplavam a proximidade da nave extraterrestre com apreensão.

— Parece que os visitantes de fato chegaram, guardiões.

— Sim! Lamentavelmente, o planeta atraiu indivíduos em consonância com sua frequência vibratória. Os visitantes talvez signifiquem um avanço para a Terra, tanto quanto um fator educativo amargo, difícil de ser assimilado pelo homem terrestre em sua totalidade.

— Como todo fator reeducativo, meu amigo.

— É verdade... O homem fez jus a um programa corretivo radical, apesar dos avanços efetivos que observamos em diversas partes do mundo. Já não há mais como adiar a lição, a prova de fogo do planeta.

Enquanto se entreolhavam, um dos invisíveis fitou a base dos guardiões quase totalmente desocupada e sentenciou:

— Por séculos e milênios, a Lua foi para nós um excelente local, de onde podíamos observar a Terra e todas as suas dimensões. Agora, mudamos nosso quartel-general definitivamente para o interior do

Sol, aliás, para determinada dimensão do Sol. Lá já estão instalados todos os instrumentos de que necessitamos, e aqui ficarão apenas os espíritos que serão expatriados para outros mundos, sob os cuidados da nossa equipe.

O outro guardião silenciou, como que sentindo certa nostalgia em relação à lua terrena, que por longos milênios fora a base dos guardiões planetários.

— Não fique assim, meu amigo, não fique tão nostálgico! O Sol será um local muito especial, onde já se instalaram nossos especialistas e todo o contingente

de guardiões. Lá poderemos ampliar imensamente nossos recursos energéticos e expandir nossa visão do universo, pois é hora de a humanidade travar contato mais direto com outras civilizações. Vamos, convém dar a ordem para que o longo processo de degredo comece. Depois, caberá supervisionar o embarque nas naves etéricas que transportarão os seres degredados a seus destinos. Já foram listados mais de dez tipos diferentes de planetas em outros sistemas para onde serão levados os espíritos da Terra. Já não há mais o que fazer, pelo menos por ora. Da estrela solar, nossos superiores administrarão formas alternativas de levar os espíritos da Terra a outros mundos. Inicia-se agora, em escala mais ampla, a mudança de casa de centenas de milhões de seres. A faxina da Terra entra em sua fase final.

Dito isso, fitaram-se expressivamente, sabendo o significado daquele momento para todo o planeta. Partiram rumo às docas lunares, onde ficavam as naves de transporte ultraluz, que levariam os espíritos da Terra a outras paragens do universo, então, em escala mais ampla e intensa do que em anos anteriores, quando o processo se iniciou.

O veículo alienígena pousou no Monte Piton, ao norte do Mare Imbrium, justamente onde havia vestígios de uma nave de observação abandonada, de outra civilização mais antiga. Aterrissou escondendo-se entre as rochas naturais, evitando que fosse descoberto mesmo a olho nu por algum humano que estivesse na Lua a trabalho, em uma das estações construídas pelo homem na segunda metade do século XXI. Depois de se estabelecer ali, enviou mais sondas, quase invisíveis, até o planeta logo abaixo do horizonte lunar. Devido à sua tecnologia de campos defensivos e de invisibilidade, elas tampouco foram detectadas pelos instrumentos terrestres. Ao menos, não imediatamente.

Uma das sondas partiu diretamente para a região das pirâmides, no Egito. Tinha objetivo muito bem-definido. Os habitantes da Terra nem sonhavam ser possível, mesmo para uma civilização distante e diferente da humana, acionar equipamentos antiquíssimos como os que lá jaziam, de uma tecnologia que desconheciam por completo, nem sequer descoberta por eles, mas os quais existiam em certos locais do globo terrestre.

ENTREMENTES, Michaella e Orione chegaram ao local onde os cientistas estavam. Juntamente deles, uma seleta delegação de militares escolhidos entre os que detinham maior consciência a respeito dos graves acontecimentos que visitavam a humanidade. Michaella integrou-se lentamente, desconfiada ao extremo como ela era, sempre tateando o terreno ao redor, em regime de alerta. Era uma mulher de reações aguerridas; comportava-se como um soldado ou um agente secreto, vendo em tudo e em todos riscos e ameaças em potencial. Até mesmo com Orione, seu namorado, não se sentia plenamente à vontade, o que chegara a lhe dizer, pedindo-lhe compreensão para o fato de que nem tudo poderia compartilhar com ele. Enquanto se adaptava ao ambiente, ouvia com atenção o que era discutido ali.

— Estamos bastante preocupados — principiou Dr. Vran Kaus.

— Já tentamos todas as frequências conhecidas e, até agora, nenhuma resposta por parte da nave misteriosa, que desapareceu de nossos radares em algum recanto da Lua — informou um militar corpulento, versado em temas científicos.

— Nem sequer sabemos se é tripulada ou não! — observou Ryann. — No entanto, já podemos afirmar com segurança que é dotada de uma tecnologia cujo funcionamento dificilmente compreenderíamos. Ou ela está sem tripulantes vivos ou seus ocupantes se recusam a se comunicar conosco.

— Temo que não tenhamos amadurecido o suficiente para lidar com uma nova cultura, uma nova civilização, senhores — falou Mike Doing.

— Mas o que fazer, em nível prático? — tornou Ryann. — Uma coisa é certa: se os visitantes quisessem nos atacar, já o teriam feito. A superioridade tecnológica em relação à nossa humanidade é patente, tanto para eles quanto para nós. Somente o fato de viajarem entre as estrelas e chegarem até aqui já basta para ilustrar seu grau avançado de desenvolvimento.

Diante da ausência de resposta na plateia, o militar comentou:

— De qualquer maneira, reforçarei o estado de alerta nas bases de Cidônia e Ganimedes. Espero não ter de acionar o nosso time de Titã.

Olhando para todos, que não entenderam a menção à lua de Saturno, arrematou:

— Também temos trunfos na manga para imprevistos.

— Trunfos? — perguntou um dos cientistas.

Michaella aguçou os ouvidos, embora permanecesse arredia. Lançava mão de todas as suas habilidades psíquicas para perceber se poderia ou não confiar nas pessoas ali presentes, apesar de conhecer muitas delas há certo tempo. Em períodos de gravidade como aquele, julgava conveniente todo cuidado no intuito de não colocar os novos homens em risco; a segurança deles estava acima de tudo. Mas ela também tinha trunfos dos quais nem mesmo Orione sabia. Ouvia atentamente o que o homem tinha a dizer.

— Não posso lhes revelar, amigos — respondeu o militar. — Posso lhes afiançar que nem os chefes de estado conhecem certos segredos. E é melhor para todos que assim seja.

Michaella compreendia muito bem o militar. Ela se considerava, em relação aos novos homens, em posição análoga à do homem. Era uma guardiã, e seus atos nem sempre seriam compreendidos nem aceitos por quem não conhecesse sua responsabilidade. Os demais ouvintes, entretanto, não apreciaram o tratamento confidencial dado às informações pelo militar, que logo se retirou.

Quanto ao tema em pauta, expresso na questão de Ryann sobre o que então deveriam fazer, os cientistas acabaram por silenciar-se, pois não conseguiam chegar a um acordo, mesmo tendo todos os instrumentos à disposição e tantas teorias ventiladas ao longo dos anos precedentes, as quais geraram grande discussão ao redor do mundo.

Apesar de todas as tentativas de contato com os seres das estrelas estacionados na Lua, eles permaneciam em silêncio. Especulavam-se os motivos: a nave era comandada por robôs, os tripulantes se recusavam a conversar ou eram incapazes de decifrar a linguagem humana?

EM OUTRO LOCAL, LONGE DALI, outras pessoas conversavam:

— Nem sei o que pensar de nós, humanos — começou Hadassa, falando com a amiga por meio do implante óptico. — Depois de tudo pelo que passamos nos últimos cinco anos, e note que nem me refiro aos eventos que precederam Seth, surgem novos conflitos, intrigas e ameaças de guerra.

— É o nosso espírito inquieto, minha amiga — respondeu Verônica, uma componente dos novos humanos. — Parece que qualquer coisa basta para nos envolvermos em contendas.

— Não entendo! Custou-nos superar os desastres naturais e as ameaças de uma guerra mundial que talvez representasse o aniquilamento da raça humana. Depois de tantos pesadelos em comum, fomos capazes de unir países rivais, e agora diversas nações disputam quem será o primeiro interlocutor das naves que se avizinham. Os ânimos estão tão acirrados que, mesmo depois do período de paz, vem novamente a ameaça de guerra. Como pode?

— Ah! Mas há uma explicação clara. Não se trata de interesse diplomático, pura e simplesmente visando à aproximação pacífica com seres das estrelas. A ambição é bem maior; a corrida é em busca de novas tecnologias, de alianças comerciais e estratégicas. Partem da premissa de que o país que assegurar a primazia na interlocução contará com mais chances de obter armamentos, conhecimento científico e muito mais.

— E o levante das máquinas? — Hadassa lançou outro tema à mesa. — Após o aperfeiçoamento da inteligência artificial por dezenas de anos, o supercomputador localizado na Suíça, mas sob o domínio do bloco norte, parece querer assumir o controle de parte dos habitantes da Terra por meio dos implantes e de outros artefatos universalmente utilizados hoje em dia. Trata-se de uma ameaça evidentemente emergencial.

— Sim, minha cara — respondeu a amiga. — Há indícios fartos de que, cada dia mais, as máquinas se tornam autossuficientes. Essa é uma revolução que tem sido relegada a segundo plano, devido à disputa pelo poder no que tange à questão alienígena. Chegam relatos preocupantes de diversas partes do mundo, principalmente da Europa. Vivemos uma época de mudanças radicais no sistema de vida mundial.

As duas desligaram, evitando comentar a viagem urgente realizada por Michaella, pois sabiam que certas coisas não deveriam ser ditas pelos aparelhos de comunicação. Hadassa era a única a saber do paradeiro da amiga Michaella, mas silenciou a respeito, pois havia muita coisa em jogo. No entanto, a conversa de ambas explicava muito bem a conjuntura internacional e as animosidades entre as diversas potências, que já não podiam mais negar a existência de vida fora da Terra.

ORIONE, POR SUA VEZ, resolvera falar com o colega do outro hemisfério, no Brasil, onde o amigo se fixara em missão pelo Vaticano, cuja importância declinara no âmbito da nova Igreja.

— Matheus — afirmou o padre radicado na Europa —, não entendo o comportamento das grandes potências. Novamente se armam umas contra as outras, em vez de se aliarem na busca por solução, por uma forma comum de agirem em benefício do planeta em face da presença externa, que supostamente ameaça todos de igual modo.

— Preocupo-me também, Orione, pois vejo a cada dia os ânimos mais exaltados. Como receberemos os visitantes do espaço de forma tão aberta, num contato ostensivo sem precedentes, se os blocos de poder mais expressivos ameaçam partir para o combate ante conflitos elementares que aparecem na resolução de questões sérias como as que enfrentamos?

— Com efeito, aqui, no bloco europeu, as coisas não andam tranquilas. Porém, aí, no Brasil, os interesses parecem ser outros, não? Não vejo nenhuma atitude que parta daí com o objetivo de contatar os extraterrestres.

— Não sei se é bem assim. Desde que a crise mais aguda se instalou no hemisfério norte, por causa de Seth, grande número de cientistas de diversas partes do mundo se fixou aqui. Creio que você tenha acompanhado esse fluxo migratório. Pelo que pude notar em alguma conversa e investigando a situação nacional, muitas pesquisas estão em andamento no Brasil visando ao contato com os extraterrestres, porém, de modo diferente de como tem ocorrido no resto do mundo.

— Não entendi.

— Você percebeu, quando esteve por aqui, quão místico o povo brasileiro é. Acredito que esse fator desempenhe papel fundamental nas iniciativas locais, pois o método que se experimenta é estabelecer contatos psíquicos com os visitantes do espaço.

— Contatos psíquicos?

— Isso mesmo, Orione! Uma espécie de telepatia ou mediunidade, conforme falam por aqui. Existem núcleos aliados a cientistas que empreendem tentativas com técnicas sofisticadíssimas. O objetivo é utilizar humanos dotados de capacidades telepáticas e psíquicas, controladas em laboratório, a fim de estabelecer contato mais estreito e, talvez, mais rápido, uma vez que os métodos convencionais, empregados noutros países, falharam completamente.

— Conseguiram resultado com tais experiências? Não

creio que algo assim dará certo. Nem sequer imagino um grupo de cientistas envolvendo-se com misticismo...

— Aí é que está o erro, meu caro. Já há muitos anos que sensitivos são matéria de investigação científica ao redor do globo. Nós, no Vaticano, é que talvez não tenhamos dado o devido crédito a essas pesquisas. Mas aqui as coisas estão muito adiantadas. Conseguem até manipular instrumentos de tecnologia com o concurso de paranormais, a fim de estabelecer contato por meio do que denominam transcomunicação. Trata-se de uma espécie de combinação entre técnica científica e força mental e psíquica daqueles que desejam colaborar com os experimentos.

— Meu Deus! Realmente, esse país nunca para de nos surpreender...

— Pois é! De fato, há surpresas aos montes. Não se tem ideia, por exemplo, a respeito do objeto de estudo de boa parte dos homens de ciência que imigraram para cá.

— Acredito que a presença do colegiado de novos apóstolos, criado por Pedro II, tenha feito com que muitos empreendimentos se canalizassem para o Brasil. Bons ventos! É pena que não eliminem os problemas que o mundo enfrenta. Espero que me comunique caso saiba de qualquer novidade sobre os contatos alienígenas.

— Com certeza! Farei isso.

— Não sei por que motivo, Matheus, mas tenho a impressão de que você reluta em me dizer algo. Estou enganado?

— Não sei por que faria isso... Afinal, somos amigos há décadas!

Num misto de intuição e instinto, Orione continuou a conversa:

— Dê-me notícias do Pe. Damien. Como está ele?

Matheus calou-se por um instante, na tentativa, talvez, de não dar detalhes a respeito, mas não havia como esconder de Orione a situação do padre.

— Bem, eu não queria preocupá-lo, mas...

— Fale logo, homem!

— Damien está num estado muito grave. Ele não fala coisa com coisa. Há dois meses vive num estado de transe quase permanente.

— Transe? Me explique melhor isso...

— Segundo relatos, Damien acordou repentinamente um dia falando idioma desconhecido. Já foram conduzidos até ele diversos especialistas para analisar o seu caso, porém, nenhum foi capaz de identificar o problema mental, tampouco de traduzir as palavras pronunciadas por ele. Notadamente, um sintoma me incomoda ainda mais em seu estado: ele permanece acordado sem cessar, insone há mais de dois meses. Nenhum cérebro humano normal suportaria isso! De alguma maneira, começam a ser cogitadas explicações de origem metafísica. Já foram descartados os problemas mentais conhecidos pela medicina do nosso século.

Orione calou-se, pensativo, muito preocupado com o amigo. Finalmente, depois de longo silêncio de ambos, ele propôs a Matheus:

— Quem sabe possamos auxiliar o Pe. Damien...

— Como, Orione? É impossível! Ele está cada dia mais alienado.

— Talvez eu lhe faça uma visita junto com Michaella e certos amigos dela. Se ele está vivo, então podemos ter alguma esperança. Oportunamente iremos até aí.

— Bem... — tentou argumentar Pe. Matheus, mas Orione encerrou a chamada, sem maiores explicações.

EM PARALELO, Sergei Zhirinovsky entabulava uma conversa com o colega Dr. Ryann, enquanto Michaella consultava os arquivos do local. Ela precisava estar inteiramente informada para disparar certas ações, sem que a maioria dos cientistas soubesse.

— Depois de tantas tentativas de estabelecer contato com a nave, todas infrutíferas, parece que os blocos de poder estão cada vez mais propensos a se enfrentar.

— Acha que corremos risco de guerra, Sergei?

— Como não, Ryann? Como não? Diante da ambição por obter conhecimento e novas tecnologias, tudo é possível. Não sei por que não podem enviar uma comissão multinacional em vez de representantes de determinado país como primeiros cidadãos a travar contato com os seres daquelas naves.

— Se é que eles existem, amigo...

— Acha mesmo que podem ser naves guiadas por controle remoto ou, quem sabe, por robôs?

— Respondo também: tudo é possível.

— De todo modo, o mais incrível é que os países não aprenderam com os eventos desastrosos que nos visitaram nos últimos anos. Não respeitam sequer o tratado celebrado entre eles! Pelo que tenho ouvido e vi na NetCosmic hoje pela manhã, dois dos blocos de poder estão a um passo de uma guerra, que, caso seja deflagrada, poderá significar o fim da humanidade.

— Não seja tão dramático assim, Sergei... As coisas não chegaram a esse nível.

— Não temos condições de sobreviver a mais uma guerra de grandes proporções, Ryann, de forma alguma. Apenas agora o mundo começa a se reconstruir, e esses senhores da guerra querem ver o barco pegar fogo em nome de quê? Para mim, é uma sede de poder que não tem tamanho...

Depois de algum tempo em silêncio, enquanto mirava pela janela os Montes Urais, Ryann comentou:

— Até onde vejo, os políticos e os militares no comando nem querem tanto assim essa guerra. Talvez queiram apenas chamar a atenção dos visitantes do espaço!

— Preparando-se para a guerra? — tornou Sergei. — Essa brincadeira de crianças imaturas pode alcançar proporções globais. Guerra nunca é uma coisa com a qual se brinque, meu caro.

Deixando de lado a conversa a respeito do que pretendiam ou fariam os países envolvidos na contenda internacional, Sergei falou, mudando de assunto:

— Inquieta-me, Ryann, a nave principal, ao menos a maior entre elas, que cada vez mais se aproxima da Terra. Até parece um asteroide!

— Já não me inquieta tanto assim depois de examinarmos os registros obtidos ontem.

Os dois se dirigiram ao potente computador quântico e, fazendo alguns ajustes, viram o holograma se erguer diante deles. Ryann apontou certo arquivo para abri-lo. Da sala anexa onde se encontrava, Michaella observava os mesmos dados, por meio dos equipamentos que utilizava para se instruir.

— Veja só: aquilo que antes se afigurava como um asteroide — ou até mesmo um tipo de satélite natural, devido ao tamanho do objeto —, afinal, não é nada do que pensávamos. As imagens enviadas pelas estações de Ganimedes não deixam margem para dúvida; esse campo que envolve a nave faz com que ela pareça ter uma dimensão muito maior do que tem na realidade. Estranhamente, porém, certos indícios sugerem que seja teleguiada, o que não faz sentido para nós. Seja como for, guiada à distância ou não por inteligências de outros mundos, ela tomou o rumo do cinturão de asteroides entre Marte e Júpiter, e não da Terra. Observe na projeção.

Sergei olhou atentamente, mudando o semblante diante dos dados apresentados por Ryann, e comentou:

— Impressionante!... Mesmo assim, esse objeto aparenta ser uma espaçonave de grandes dimensões. Ainda que não o percebamos em tamanho real, mas dilatado, em virtude do campo de forças que o envolve, permanece imenso perante nossos padrões.

— Cheguei a pensar que se tratasse de um corpo celeste o qual, uma vez desgarrado de seu planeta, tivesse sido, de alguma maneira, aproveitado e equipado pela raça dos visitantes como uma espaçonave. A mente da gente começa a delirar com teorias absurdas, não é mesmo?

— Fico a imaginar a tecnologia de que dispõem... Meramente a manutenção de um potente campo em torno da nave exige uma técnica que estamos muito longe de compreender ou desenvolver.

Olhando para Sergei, Ryann concluiu:

— Não quero nem pensar no que será do mundo se os visitantes resolverem nos atacar, tampouco como será se algum país conseguir, sozinho, botar as mãos numa tecnologia desse porte... Sinceramente, não estamos preparados para uma coisa assim. Não mesmo!

LONGE DALI, CENTENAS de milhares de quilômetros espaço afora, dois indivíduos conversavam entre si por meio de um canal de comunicação inimaginável até para os cientistas da Terra:

— Senhor, já estamos devidamente acomodados no satélite natural do planeta.

— Nós nos dirigimos para o anel de detritos cósmicos entre o quarto e o quinto planetas. Não convém chegar mais perto daquele mundo com nossa nave-mãe nem aumentar a velocidade, sob pena de causarmos um transtorno irreparável na superfície do orbe, devido às ondas magnéticas e a outros fenômenos, os quais poderiam causar a extinção da raça e a destruição da civilização.

— Civilização, senhor? Já conseguiu examinar as imagens da superfície? Ao que parece, são ainda muito primitivos. Os registros históricos de que dispomos não contêm tantos detalhes como os que vemos agora. A realidade é bem mais espantosa do que aprendemos.

— Mas tal realidade é semelhante àquela que criamos um dia, oficial, em nosso passado. Lembre-se: nós destruímos nosso mundo e quase destruímos nossa raça! Agora, estamos voltando a este lugar, na esperança de ainda haver chance de evitar o pior.

Sem comentar as palavras do comandante, o oficial da nave que pousara na lua terrena falou, mudando de assunto:

— Vamos começar o processo de aproximação do planeta, senhor. Todas as sondas já regressaram com as informações. Em breve, enviarei os relatórios para a base, a fim de que disponha dos mesmos arquivos a que temos acesso. Vamos abastecer a nave agora. Assim, garantiremos também o abastecimento de vocês aí, através da transferência de energia pelo espaço superior.

— Sim! Que comece a próxima fase!

— Seguiremos o protocolo já estabelecido.

— Não se esqueça, oficial: temos de preservar o planeta a qualquer custo. Afinal, esse bioma é adequado ao nosso estilo de vida e à sobrevivência de nossa espécie.

— Sim, senhor. Faremos isso. A propósito, temos observado algo em relação ao Sol. Creio que os arquivos transmitidos a partir de agora a nossos cientistas mereçam atenção.

— Algo que justifique a urgência, oficial?

— Certamente, senhor. Trata-se de um tipo de radiação que requer pesquisas. Devido à nossa natureza, depois de tantas adaptações à nossa realidade, talvez convenha analisar esse aspecto antes de colocarmos nosso plano em ação.

— Verei com celeridade então.

O objeto voador antes percebido como um asteroide procurava se esconder em meio às rochas espaciais entre Marte e Júpiter. Por ora, apenas uma nave se fixara na Lua. Contudo, outras menores percorriam o espaço em torno da Terra, a uma distância pouco maior, fazendo uma espécie de varredura do planeta. Empregavam uma tecnologia que despistava o sistema terrestre de detecção mais avançado, portanto, passavam despercebidas.

NA SUPERFÍCIE TERRENA, um grupo de pessoas interessadas nos acontecimentos, porém sem a menor noção do que se passava além, conversava com certa apreensão:

— Convém tomar cuidado, senhores. Conforme pudemos detectar a partir de Houston e de outros pontos de observação, detritos de antigos foguetes que orbitavam em torno da Terra desde o início da era espacial desapareceram sem deixarem vestígios. No entanto, segundo nossos registros, não vimos nenhuma ação nesse sentido da parte de nenhum país, tampouco de qualquer nave supostamente extraterrestre.

— Com certeza não fomos nós, humanos, que fizemos isso. Há muitos outros fenômenos inexplicados. Chegam notícias, de várias partes do mundo, de que alguns rios já quase extintos tiveram suas águas completamente renovadas, limpas. De forma misteriosa, tais fontes de água potável, até então contaminadas, sofreram alguma influência benéfica, a ponto de, agora, estarem totalmente recuperadas. Até o momento, isso se viu em algumas províncias da China, na Índia e em dois outros locais, um no México e outro no continente africano.

O cientista mostrou a imagem dos rios límpidos e caudalosos no holograma à frente de todos. Algo acontecia na Terra. Não era possível deixar de associar os fatos inusitados, mesmo que em proporções relativamente pequenas, à chegada dos extraterrestres.

— Parece até que está em andamento algum tipo de projeto de recuperação do planeta.

— Creio que seja prematura essa conclusão. Porém, é inegável que algo se passa bem debaixo dos nossos narizes, e, apesar de todo o avanço deste fim de século, ainda não temos explicação racional e científica para tudo a que assistimos. É evidente que não seríamos capazes, de modo algum, de promover tamanha interferência no meio ambiente em tão pouco tempo.

— Não resta a menor dúvida! — acrescentou outro pesquisador. — Digno de nota é que, há apenas duas semanas, esses mesmos rios estavam totalmente sem vida. O grau de poluição era tão grande que a recuperação desses recursos hídricos levaria pelo menos dez anos, caso existisse algo em andamento nesse sentido.

— Agora, de um momento para outro, aparecem totalmente renovados... Para mim, isso necessariamente resulta de técnica muitíssimo superior à nossa.

— E não é somente isso, senhoras e senhores. Vejam este outro holograma.

Apareceram à frente de todos, além de gráficos, várias imagens. A princípio, mantiveram-se meio embaçadas, para somente após cerca de um minuto ser possível divisar com clareza o que mostravam.

— Esses dados compõem um relatório sobre avistamentos de objetos não identificados nas mesmas regiões dos rios citados há pouco. Os mais de noventa relatos que o integram são de pessoas que foram checadas pelos serviços de inteligência, os quais atestam sua idoneidade. Todas as ocorrências, a despeito de terem se dado em regiões diferentes e tão distantes entre si, apresentaram um ponto comum: os objetos avistados dificilmente seriam chamados de naves. Sem exceção, eram muito pequenos para serem considerados veículos espaciais ou extraterrestres. Os relatos apontaram dimensões na ordem dos 30cm; em poucas vezes, mencionaram 50cm.

— Sondas espaciais ou coisa assim.

— Exatamente! Tudo indica que temos diversos pequenos objetos sobrevoando a baixa altitude a superfície terrena. Lembram sondas, semelhantes às que construímos, porém de formato variado. São a tal ponto diminutos e têm aspecto tão distinto entre si que se torna impossível sua detecção por nossos equipamentos.

— Portanto, sejam quem forem nossos visitantes, eles já penetraram nossa atmosfera. Agem ao redor do globo como em um laboratório de proporções planetárias. Existem, ainda, relatos de outras transformações ocorrendo em locais onde foram avistados os estranhos objetos. Não sabemos ao certo se sua presença guarda ou não alguma relação com os fragmentos de Seth.

— Fico me questionando se são realmente OVNIS ou não...

Todos olharam em direção ao cientista, que se mantivera quieto, quase anônimo até então, participando em segundo plano.

— Uma nova teoria sobre a procedência das naves?

— A pergunta que lhes faço é a seguinte: provêm de algum lugar no espaço ou de algum tempo? Não seria apropriado perguntar, em vez de *onde, quando*?

Ignoraram a hipótese do colega, que tinha sérios motivos para assim pensar. Após instantes de um silêncio tanto constrangedor quanto exaltado, mudaram de assunto de repente, para evitar comentar sobre o tempo.

— Realizam alguma experiência conosco ou com o planeta?

— Convenhamos: nós não sabemos. Talvez estejamos sendo submetidos a algum teste, e por isso não respondem às nossas mensagens. Quem sabe?

— Preocupo-me com a hipótese de a Terra estar, de fato, sendo usada como um laboratório. Se for o caso, nós, seres humanos, estamos servindo de quê? Cobaias nas mãos de outra raça?

— Quem sabe — aventurou-se mais uma vez o cientista gerador de constrangimento, Dr. Conwell — não sejam, tão somente, humanos do futuro que vieram a fim de impedir que destruamos nosso mundo e, por conseguinte, o mundo deles, interferindo diretamente no seu passado, isto é, nosso presente...

— Ah, doutor, não me venha com essa história... Todos sabem que é impossível comprovar essa teoria de viagem temporal.

Os homens se calaram em face da impossibilidade de chegarem a um consenso, além do medo tácito que sentiam ao pensarem em confrontos iminentes com uma raça tecnicamente superior. Nem sequer cogitaram que Conwell pudesse ter a mínima razão.

NO PLANO INTERNACIONAL, alguns dos países mais poderosos preparavam-se, a despeito dos desafios domésticos de ordem política, socioeconômica e humanitária, para confronto prestes a sobrevir no Oriente Médio. Mais uma vez, a região geopoliticamente mais instável da face da Terra era palco de conflitos entre rivais dos blocos europeu e asiático. Era claro o que estava em disputa: apoderar-se de tecnologia alienígena, em qualquer medida, conferiria à nação exitosa superioridade instantânea, em todos os sentidos, frente às demais. Em meio à tensão e na busca pela supremacia, tanto China como aliados europeus enviam ordens às suas respectivas bases lunares:

— Atenção, base Alfa 1! Foi decretado estado de emergência! — era a mensagem emitida pela aliança europeia.

Espécies de canhões e mísseis equipados com ogivas nucleares foram acionados e posicionados, mirando determinado alvo no Oriente Médio.

— Estado de alerta! Estado de alerta total! — informava o comunicado recebido pela estação orbital chinesa. — Apressem-se, pois nossa nação depende de vocês. Aguardem novas ordens. Em breve enviaremos uma mensagem codificada com o endereço do próximo alvo. Queremos todos em alerta máximo.

Na prática, de parte a parte, um botão era o estopim que podia detonar a guerra, a qual arrastaria o mundo todo para ser consumido em suas chamas.

— O clima político está esquentando, senhores — asseverou um marechal de guerra preocupado em deter qualquer iniciativa que desencadeasse o conflito de grandes proporções. — Não estamos preparados para nada desse tipo. Para piorar a situação, quando se imagina que os dois blocos, asiático e europeu, é que reivindicam primazia no encontro com os visitantes, entra em cena, agora, o bloco norte.

A apreensão do militar era absolutamente pertinente. Os Estados Unidos decidiram, a princípio, ficar à margem de qualquer desentendimento, a fim de reconstruírem a nação. Ao mesmo tempo, o país era um território-chave para a indústria chinesa, principalmente depois das ocorrências em Nova Iorque e, também, na costa oeste. Ali se via o mais expressivo investimento em construção civil, com o potencial e a rapidez que se tornaram a marca do gigante asiático. Contudo, ao entrar na disputa, o bloco norte assegurava que não estava morto politicamente nem fora afetado de maneira a ser impedido de participar da mais recente corrida tecnológica. O espírito intrépido e empreendedor dos Estados Unidos persistia na década de 2080, aliado ao seu gênio inventivo e à sua capacidade de se recuperar dos infortúnios. A ameaça à liderança chinesa era clara.

Em meio ao agravamento das tensões, religiões salvacionistas floresciam ante a constatação inescapável da vida extraterrestre por parte da população em geral. Por outro lado, muitas crenças eram postas em xeque, fazendo com que a multidão de fiéis entrasse em polvorosa. Ao mesmo tempo, pessoas e instituições, nos próprios países envolvidos nos conflitos, tomavam as ruas, lotavam as praças e pediam o fim imediato das hostilidades, pois eram claras as consequências graves, quiçá irreversíveis de uma guerra mundial.

— É MUITO INTRIGANTE, Orione — disse Michaella ao homem amado —, a presença desses artefatos até o momento considerados sondas. Impressiona que ninguém tenha sido capaz de fazer uma identificação antecipada desses objetos. De todo modo, o insucesso nas tentativas de contato com os visitantes é o único obstáculo à guerra que resta.

— Vejo de outra forma, Michaella. Esses fatos são reais, mas o cerne da questão é que as nações temem um potencial inimigo, inteiramente desconhecido, contra o qual dificilmente sairiam vitoriosas em caso de confronto direto.

— Acha mesmo que os blocos de poder declarariam guerra contra os alienígenas mesmo sem saberem seu potencial de fogo?

— A arrogância humana não tem limites, a meu ver. E arrogância em quem está atemorizado é um traço perigosíssimo. A esta altura, nossa salvação tem sido o fato de os visitantes agirem de modo pacífico!

— O que lhe dá essa ideia, Orione? Como concluiu que sejam pacíficos?

— Ora, basta ver a forma como têm abordado nosso planeta. Aproximam-se sorrateiramente, evi-

tam todo tipo de contato direto e, ao mesmo tempo, observam-nos e nos examinam sem que possamos fazer absolutamente nada. Ora, nem sequer nos demos conta! É clara sua superioridade, portanto, parece razoável inferir que, se desejassem nos fazer qualquer mal, decerto já o teriam feito. Por que postergariam o ataque?

— Creio que o fato de você ter se formado entre as paredes do Vaticano e ser padre lhe dê uma visão mais romântica sobre os seres humanos.

— Não falo dos seres humanos, Michaella; estes eu conheço muito bem, pois também sou humano. Falo dos seres das estrelas que nos visitam.

— Também essa sua visão, meu amor, é efeito de sua formação religiosa. Se somente nós somos humanos, o que eles são? Pelo menos a meu ver, ser humano não tem a ver com aparência física, procedência planetária, tipo psicológico e avanço científico ou de qualquer natureza. O espírito é tudo, nesse e noutros sentidos.

"Para não ficarmos filosofando, vamos nos ater aos aspectos práticos em jogo. Nem sempre fazer o mal é agir sem planejamento. O mesmo vale para quem quer fazer o bem, aliás. Uma vez que esses seres vêm de outros recantos da Via Láctea, lhes compete se precaver ante qualquer civilização, tenha ela se desenvolvido ou não tecnologicamente. Seja como for, convém pensar que, quando se cuida do bem-estar de um povo, nem sempre o interesse de outro é compatível para se conciliar. Ou seja, não necessariamente a ação predatória de uma raça sobre outra nasce do desejo de provocar o mal; por vezes, o mal impingido advém do fator sobrevivência."

— Não entendi. Sinceramente, não entendi suas ideias...

— Examinemos a questão a partir de um exemplo hipotético então. Imagine nosso planeta incapacitado de abrigar vida devido à destruição do bioma, por qualquer motivo. Seríamos compelidos, por essa razão, a procurar novo local para onde a humanidade pudesse migrar. Chegando lá, considere encontrarmos uma raça com certo grau de desenvolvimento. Ainda que quiséssemos, dificilmente conviveríamos com a população desse orbe de modo pacífico, sem agredir sua cultura, ameaçar seu modo de vida ou, meramente, sem modificar certas características de seu mundo, na busca por adaptá-lo a nossos costumes.

— Sim, até aí acompanho seu raciocínio.

— Imagine, portanto, o impacto de caráter social,

econômico, cultural e sanitário, entre outros, que causaríamos na nova morada. Nossa chegada poderia até não ser uma invasão propriamente — isto é, poderia ser inicialmente destituída da conotação de exploração —, entretanto, as consequências das ações em que consistiria a salvação da nossa espécie provavelmente acarretariam o colapso da civilização de nossos anfitriões. Em outras palavras, o que seria um bem enorme para nós significaria um mal estupendo para a outra raça. E isso partindo da premissa de que a humanidade estaria imbuída somente de bons propósitos ao empreender tamanha proeza.

"Considere agora a situação dos seres que nos visitam. Ignoramos tanto suas intenções quanto sua filosofia de vida e sua perspectiva ética e moral, ou seja, os princípios que os norteiam. Tudo isso, e muito mais, pode ser radicalmente diferente do que julgamos razoável, já que são de um mundo desconhecido. Então, como em regra é o caso, nem sempre o que é para o bem de alguns é bom para todos. Nem sempre o que é bom leva necessariamente ao bem para ambas as partes."

— Ouvindo-a assim, dá um leve desespero. Suas palavras não são nada esperançosas.

— Desculpe, amor — falou Michaella, mais terna. — Sou uma cientista e lido com fatos, com experimentos e com a realidade imediata; você atua no campo da fé. Para mim, Orione, a ciência realizada com ética é minha religião. Para você, a religião é a sua ciência. São perspectivas diferentes ao se examinar a realidade... E você ainda tem um traço mais emocional que eu. Não quer dizer que eu não esteja aberta a mudar meu estilo, e também não quer dizer que eu esteja absolutamente certa — embora eu creia nisso, claro!

Os dois gargalharam e saíram dali abraçados para outras providências.

Mais e mais, naqueles dias, o povo acorria às ruas em todos os quadrantes da Terra. Os noticiários e os demais programas veiculados pela NetVision e pelas ondas luminosas da NetCosmic voltavam-se quase exclusivamente à pauta dos extraterrestres. A imprensa trouxera à tona verdades mantidas em sigilo por décadas pelas potências mundiais, de tal forma a não se deixar dúvida quanto aos encontros passados, quando seres do espaço de diversas procedências estabeleceram contato com representantes de certos países. Cientistas, autoridades e agentes de serviços secretos de inteligência foram entrevistados e revelaram documentos que definitivamente atestavam as comunicações oficiais com seres do espaço.

Por outro lado, uma onda de desinformações e especulações, de abusos e mentiras se mesclava à verdade. Por alguns momentos, o mundo pareceu esquecer as complicações e os traumas trazidos por Seth e outras convulsões da natureza, o que, em parte, explicava-se como decorrência do fato de que a reconstrução das nações ocorrera a passos mais rápidos do que se era de esperar.

Em quase todo lugar, os debates se acirraram. Novos partidos se formavam e religiões eram fundadas em virtude da nova onda de contatos com seres do espaço. Tudo se dava a despeito da ignorância absoluta acerca do motivo da misteriosa visita.

DEPOIS DE CONVERSAREM BASTANTE, e após Michaella incumbir de certas responsabilidades os novos homens na Europa, com base nas conversas com Dr. Ryann, Orione e ela decidiram partir rumo ao Brasil.

Logo ao chegarem, notaram sensível diferença já no aeroporto onde desembarcaram, sobretudo na melhora acentuada dos serviços, ainda que sem grandes incrementos na estrutura física do terminal. Era período subsequente às eleições que consagraram a derrota do governo gospel — pouco mais de um ano antes. Saltavam aos olhos o ânimo geral de esperança e renovação e o espírito de progresso reinante.

Rapidamente foram informados de que o Brasil, como nação, decidira não entrar na disputa em relação à primazia no contato com os extraterrestres. A aposta era dedicar-se totalmente à reconstrução nacional após o caos social e político que havia prevalecido ao longo dos anos precedentes.

Se, por um lado, a América do Norte enfrentara enormes problemas devido aos maiores cataclismos da história e às complicações deles decorrentes, as porções central e meridional do continente viram-se às voltas com outra espécie de turbulência e desastre. No decorrer de décadas e mais décadas, a política e os políticos dilapidaram o patrimônio público com método e resultado inigualáveis. Governos populistas no Brasil, na Venezuela e em vários outros países da região deixaram um rastro inédito de ruína econômica e decadência social, moral e cultural no seio da sociedade. Como agravante, o debacle foi perpetrado com o apoio da Igreja. Adveio, assim, o período de colheita obrigatória, sob pesado tributo pago pela população, que, afinal, não era de todo inocente, uma vez que elegera por reiteradas vezes diversos governos corruptos e parlamentares pusilânimes e desleais. Ao menos o fizera até o momento em que os dirigentes nacionais subverteram o próprio sistema democrático a fim de se perpetuarem no poder e, em muitos casos, instaurarem regimes de exceção. Fora um período grande demais. Era a hora de recomeçar.

— Puxa, como tudo isso mudou desde que aqui viemos! — disse Michaella ao amigo que recebia o casal em São Paulo. — À primeira vista, parece que o país se transformou num grande campo de investimento.

— Isso mesmo, Michaella — respondeu Matheus, um tanto orgulhoso de estar por aquelas bandas, não apenas testemunhando, mas, como brasileiro que era, também participando das mudanças. — Há cerca de três anos, existe um investimento imenso em novas tecnologias e, de um ano para cá, especialmente em ações sociais participativas.

— Ações sociais participativas? Não conheço nada a respeito.

— Bem, amigos, trata-se de um termo brasileiro cunhado pela política do novo líder, que propôs uma reforma social no país, a qual conta com amplo apoio de Pedro II. Na verdade, é uma forma de investir principalmente na educação e na saúde de modo mais intenso. Todos são chamados a participar da reconstrução de suas vidas e da nação. Do modo como foi apresentada a proposta, bem mais da metade da população aderiu a ela. Recebemos investimento científico e financeiro de origem estrangeira em diversas áreas, como, por exemplo, a cultura de alimentos dentro do mar.

— Não conheço essa ideia nem o alcance social das medidas tomadas, mas já é possível notar mudanças positivas ao chegar ao país. Existe um movimento visível por parte da população.

— É claro que não se podem esperar grandes mudanças em pouco tempo, contudo, muita coisa diferente e boa está em curso.

"Com a participação de Pedro II, que cada vez mais se apresenta apenas como um dos doze, a situação do país tornou-se menos difícil de enfrentar. Os novos apóstolos se fazem de porta-vozes perante os políticos, isto é, como ponte entre estes e a sociedade. O povo tem respondido positivamente. De outro lado, os cristãos em geral resolveram dialogar entre si, finalmente, tentando se concentrar em elementos comuns em matéria de valores, deixando as divergências de natureza teológica de lado.

"Sem dúvida, o novo líder — que surgiu no Brasil, mas hoje desempenha papel importante em todo o continente, cujas portas se abriram por meio dos doze — auxilia de modo decisivo a sociedade a se reorganizar, ainda que no ritmo próprio de tais transformações, principalmente após tantos transtornos sociais e políticos, com sérias repercussões econômicas. Vê-se por vezes apenas uma poeira, uma aparente confusão, mas o momento de transição ao menos começou."

— Oxalá consigam encontrar um caminho melhor

do que os que se esboçaram no passado! — exclamou Orione, interessado.

— Torçamos, amigos! — continuou Matheus, visivelmente comovido. — Desde antes do novo governo, algumas empresas aqui sediadas resolveram investir pesadamente em plantas de dessalinização da água do mar e em pesquisas na busca por fontes de água potável. Foi graças a isso que novas cidades começaram a surgir em espaços antes nunca pensados com esse propósito. Com as realizações da iniciativa privada, algumas das metrópoles se esvaziam à medida que a população se distribui pelas cidades recém-criadas. Esses empreendimentos recebem incentivo de grandes investidores de fora do país, que veem nessa forma de administrar a distribuição da população uma grande oportunidade de negócio, com a criação de novas frentes de trabalho. Quem se muda para essas cidades também recebe incentivos, principalmente se abre empresas que geram emprego e renda.

— Enquanto as potências mundiais competem para estabelecer contato direto com os seres do espaço — falou Michaella, igualmente interessada —, pessoas de grande fortuna e influência ao redor do globo investem aqui e nas novas terras que emergiram no

Atlântico Sul, segundo vejo aqui num documentário da NetVision.

— É verdade. E isso tudo em meio a imensas transformações, patrocinadas sobretudo pela nova Igreja, que agora exerce papel bastante distinto daquele que exercia antes das catástrofes, mas também pelo governo.

— Pela Igreja? — questionou Orione.

— Claro que sim! Afinal, aqui é a nova sede da Igreja Católica. Por acaso está tão afastado da realidade da Santa Sé que não sabe das últimas notícias?

— São tantas notícias, Matheus, que é difícil me atualizar em meio a essa avalanche de acontecimentos. Michaella e eu resolvemos, também, selecionar criteriosamente o tipo de coisa que queremos ver e ouvir. Foi uma medida importante para nos ajudar a manter o foco.

— Entendo. Porém, é claro que soube da posição de Pedro e dos outros onze em relação aos bens da Santa Sé, que têm sido leiloados, e os recursos, canalizados para o reerguimento de muitas nações. E não é somente o acervo artístico, mas também os de outras áreas, inclusive o compartilhamento de informações valiosas do Vaticano, postas à disposição de investidores.

— Agora compreendo melhor o alarido e o rebuliço entre os cardeais que ficaram no Vaticano, bem como por que eles se opõem tanto às ideias que vêm daqui, do Brasil, mais precisamente da parte dos doze.

— Sem dúvida. Contudo, eles estão de pés e mãos atados. Pedro e os demais espalharam a ideia e angariaram a confiança maciça dos católicos e mesmo de outros religiosos pelo mundo. Afinal, quem se oporia à distribuição de recursos depois dos abalos todos que sofremos nos últimos anos? Quem, em sã consciência, votaria a favor do acúmulo de tesouros e riquezas por parte da Igreja neste fim de século enquanto, como nunca antes, tudo clama por ajuda, ajuda emergencial? Diante da manifestação das massas nas peregrinações e pela NetCosmic, os cardeais mais retrógrados podem quase nada.

— Esse Pedro está me saindo melhor do que a encomenda! — observou Michaella novamente, num tom irônico. — Ele acabou com a Igreja nos moldes antigos e ainda conseguiu renovar completamente sua estrutura. Será que esse papa não é um extraterrestre infiltrado na Santa Sé?

Os dois sacerdotes se olharam e reprovaram o comentário de Michaella.

— Tudo bem, tudo bem... Podem continuar! Mas não prometo não interferir outra vez! Isso está bom demais de se ouvir.

Tentando ignorar o comentário da mulher, que parecia cada vez mais mordaz, Matheus continuou:

— Outros países da América do Sul resolveram aderir à onda de renovação proveniente do Brasil. Após o anúncio a respeito dos incentivos à pesquisa científica oferecidos a quem viesse ao Brasil disposto a desenvolver ideias práticas, viáveis e baratas, o país estabeleceu como meta ser referência em projetos de

cunho humanitário e cooperativo. Argentina, Venezuela, Colômbia e Chile emularam o modelo brasileiro, e o continente aos poucos se converte num imenso laboratório e num canteiro de obras.

Em dado momento da conversa dos dois amigos padres, Michaella assinalou:

— Pelo que vejo aqui — falou enquanto apontava um holograma à sua frente —, os cientistas que vieram para o Brasil desenvolvem vacinas e medicamentos que não foram aprovados em seus países de origem, tradicionais na indústria farmacêutica. Segundo leio, estão confiantes de que terão sucesso afinal.

— Isso mesmo — falou Matheus, indicando determinado ponto na imagem, a qual mostrava um pronunciamento no parlamento brasileiro. — Este empresário, largamente conhecido no mundo inteiro, apresentou uma proposta às autoridades, transmitida com grande repercussão na NetCosmic e na NetVision. Tratou-se de incentivo para cientistas, inventores e todos que quisessem auxiliar a humanidade por meio do conhecimento.

A conversa prometia ir longe, pois os três se entusiasmavam com as notícias sobre o novo estágio que a América do Sul adentrava. Havia algo bom em curso no planeta.

NO HEMISFÉRIO SETENTRIONAL, os países mais ricos decidiram enviar naves ao espaço, mais especificamente à Lua. O objetivo era estabelecer contato frente a frente com os extraterrestres lá situados, por isso, deslocaram delegações de notáveis da Terra até o satélite natural. Todavia, era preciso procurar pela suposta nave-mãe, ou aquela que julgavam ser a maior espaçonave. Estavam diante de um desafio: por mais que as equipes nas bases lunares procurassem, não conseguiam localizar, através de seus instrumentos, qualquer vestígio daquele que, presumivelmente, era o veículo principal. Todas as tentativas foram inócuas.

De todo modo, tão logo as naves fabricadas com tecnologia terrena deixaram a atmosfera do planeta, algo inesperado aconteceu. Antes mesmo de se aproximarem da Lua, numa corrida desenfreada levada a cabo pelos três principais blocos de poder, avistaram algo que desmantelou por completo seus objetivos imediatos.

Subindo em velocidade alucinante e realizando um tipo de manobra impossível para os foguetes terrenos, a nave ora estacionada na Lua deu partida, fazendo movimentos ágeis e logo tomando o rumo da Terra. Estupefatos ante a situação, tanto pilotos quanto tripulantes e o pessoal de terra testemunharam quando a espaçonave alienígena, muito maior que as dos terráqueos, deslocou-se numa velocidade que nem todo o avanço técnico terrestre vigente nos anos de 2080 poderia alcançar. A nave imensa afundou-se em certa região oceânica, pelo menos foi o que puderam observar inicialmente.

Da superfície, em seguida, decolaram caças de todos os blocos, principalmente do bloco norte e do asiático, voando rumo ao local onde estimaram que o equipamento alienígena tivesse submergido. As naves em rota lunar perderam a razão da viagem; a iniciativa e o investimento se mostraram inúteis, a não ser, alguém poderia argumentar, na medida em que precipitaram a reação alienígena.

Não demorou muito até que os donos do poder no mundo se sentissem, além de frustrados, ameaçados. Iniciou-se a corrida rumo à região assinalada: o Triângulo das Bermudas. Aparentemente, conforme indicaram os radares, teria sido esse o destino traçado pela nave; contudo, ao chegarem ao lugar, não a encontraram mais.

Revolucionando nas águas oceânicas e em meio ao turbilhão de energias do magnetismo local, a nave desceu às profundezas abissais e deslocou-se submersa, emergindo, mais tarde, a centenas de quilômetros de distância do local onde mergulhara. Tudo foi muito ligeiro; os alienígenas puderam despistar a vigilância mais avançada sem grande esforço. Acima da região correspondente no Atlântico Norte, os caças dos blocos de poder sobrevoavam em busca da nave.

— Puta que pariu! — deixou escapar um dos militares envolvidos na operação. — Além de não sermos páreos para a tecnologia dos desgraçados dentro da nave maldita, eles sabem muito bem despistar qualquer tipo de rastreamento. Desgraçados!

Um superior o olhou de soslaio, mas no fundo compreendia o estado de ânimo de todos os envolvidos na operação Caça às Bruxas, como denominaram o projeto internacional que visava capturar a nave, considerada, agora, hostil.

— Não conseguiremos muita coisa com essa maldita espaçonave vinda dos infernos. Temos de mudar de tática — pensou alto um dos generais asiáticos.

Um estado de ansiedade geral se abateu sobre o planeta como um todo. Não bastasse isso, assim que chegaram à conclusão de que a nave lhes havia escapado, os diversos blocos voltaram a se desentender e digladiar, embora perseguissem todos o mesmo objetivo.

As nações decidiram se enfrentar, disputando, então, o controle do Triângulo das Bermudas. No entanto, era preciso levar em conta, além dos fatores de caráter magnético ali atuantes, o fato de que havia terras novas emersas nas imediações, as quais já eram objeto de contenda internacional há algum tempo. Depois de muitas dissensões, enviaram uma frota de navios, torpedeiros e potentes aviões de guerra para a região a sudeste da Flórida. Nenhuma tecnologia, porém, era capaz de encontrar a espaçonave.

— Nem nossos melhores cientistas lograram desenvolver, em tempo hábil, algum equipamento capaz de detectar a nave inimiga — comentou um dos responsáveis por um torpedeiro do bloco norte.

— Isso não me cheira bem — sentenciou um dos que respondiam pela tática de busca da nave. — Por mim, devemos decretar estado de guerra imediatamente.

Todos se entreolharam, mas, visivelmente, não aprovaram a ideia do oficial.

Diante da realidade, ou seja, do insucesso em localizar o paradeiro do bólido alienígena, das intervenções de vários países do mundo e da iminência de uma nova guerra, pouco a pouco a região tornou-se um barril de pólvora, aglutinando expressiva concentração de forças bélicas prestes a se enfrentarem.

Ao mesmo tempo, do outro lado do globo, no Oriente Médio, grande contingente de tropas dos blocos de poder centrais permanecia a postos, na expectativa do estopim capaz de desencadear conflito que ninguém ousava prever como terminaria. O potencial bélico das nações envolvidas era gigantesco.

Após alguns meses de procura, desistiram das buscas. Qualquer coisa parecia ser pretexto para motivar a guerra iminente. A humanidade como um todo, mas principalmente os dirigentes das nações, estava severamente transtornada depois de tão grande número de enfrentamentos, catástrofes e desafios ao redor do mundo.

Sem que ninguém esperasse mais ver a nave, tampouco soubesse a missão que a embarcação interespacial cumpria em algum recanto do planeta, de repente ela ressurgiu dos mares, no Oceano Índico. Sobrevoou todos os continentes, incluindo as mais poderosas e ricas nações, e foi avistada nos quatro

cantos pelas multidões. Logo depois, de forma igualmente inadvertida, voltou a tornar-se indetectável aos radares de todo o planeta.

— Senhor presidente, estamos numa emergência mundial — falou em tom de gravidade o general encarregado de um dos contingentes a postos nos arredores da Faixa de Gaza. — Desculpe a ligação, senhor, mas a energia baseada em fusão e fissão nuclear deixou de fluir. Consultei nossas fontes e, em todo o planeta, se passa a mesma coisa. Nenhum equipamento que funciona à base de energia nuclear está operante. Não sabemos o que está acontecendo. Vale recordar que muitos países se desenvolveram nas últimas décadas a partir desse tipo de energia, e dela dependem para subsistir.

Do outro lado do mundo, os chineses também se apavoravam, bem como as autoridades europeias.

— Senhores — falava o chefe do parlamento europeu em ligação direta com seus adversários, agora na tentativa de encontrar uma saída —, nada, nenhuma tecnologia relacionada à fusão e à fissão nuclear está ativa. No mundo inteiro. Nesse cenário, não somente muitos de nossos armamentos mais potentes são inúteis como grande parte dos aparatos de segurança, de diversas cidades do continente, está em pleno blecaute.

— Segundo especialistas, algo interfere nos processos de fusão e de fissão dos átomos; trata-se de um fator desconhecido. As consequências para nossa civilização são trágicas, incomensuráveis...

O desespero parecia tomar de assalto a maior parcela dos que conversavam pelos modernos aparelhos de comunicação terrestres. Estavam estupefatos, desolados, pois nunca sequer cogitaram que se poderia perder uma guerra antes mesmo de ela começar. Tamanho era o sentimento de inutilidade, de insignificância perante a tecnologia superior — a partir daquele momento, considerada inimiga — que os dirigentes mundiais eram levados ao diálogo e a calar as dissensões em prol de buscar uma solução. Nivelados pela impotência, todos agora estavam em pé de igualdade.

— A nave extraterrestre que foi avistada sobrevoando as cidades mais importantes do planeta... — principiou o chefe chinês de assuntos científicos.

— Miseráveis! Agora sabemos que querem guerra.

— Mas o que fazer perante uma tecnologia que inutiliza nosso arsenal e nossa fonte mais importante de energia num só golpe? Como enfrentar essa situação?

Era como se o planeta voltasse no tempo. Não mais seria possível a guerra tal como os homens a planejaram. Muitas outras coisas também se tornaram impossíveis, chegando a prejudicar a vida de milhares de seres humanos. Grande número de equipamentos ligados à manutenção da saúde, por exemplo, transformara-se em algo inutilizável de um momento para outro.

— Temos de encontrar uma solução imediatamente. Precisamos unir nossas forças contra o inimigo comum: nossa tecnologia, nossos homens mais importantes e cientistas de todo o mundo num bloco único, capaz de fazer frente ao inimigo do espaço.

— Senhores, senhores! — interferiu um dirigente da Rússia. — Primeiro devemos ter a certeza de que todo o planeta experimenta o mesmo fenômeno. Quem sabe isso se verifique somente conosco, que pretendemos ganhar a corrida em busca da tecnologia extraterrestre... Agora sabemos bem o potencial dos invasores. Convém nos reunirmos, e, para isso, faz-se necessário dispersar nossas tropas; trata-se de um gesto diplomático essencial, ainda por cima capaz de demonstrar à opinião pública nossos esforços de confiança mútua. Afinal, para uma guerra internacional, dispomos de muitas outras armas que não demandam energia nuclear. Importa não lutarmos uns contra os outros neste momento, quando fomos igualados mediante a tecnologia que provocou tudo isso.

— Essa é uma necessidade urgente, senhores! Sempre fomos cordiais e, agora, não podemos dispersar nossas forças combatendo uns contra os outros — falou, mentindo, certo dirigente do bloco norte. — O mundo está no escuro, e não sabemos como reverter essa situação.

A majestosa nave desaparecera completamente, sem deixar vestígios. A partir de então, a humanidade, ou melhor, os representantes das potências mundiais começaram a pensar em se unir diante da ameaça do inimigo comum. Enquanto isso, o mundo entrava em pane. Boa parte dos países já havia abandonado, há tempos, outras fontes de energia. Era urgente tomar medidas antes que o caos completo se estabelecesse.

Fossem quem fossem aqueles seres das estrelas que visitavam a Terra, provaram — sem acionar uma só arma — ser mais fortes e poderosos do que todas as nações da Terra somadas. Ao mesmo tempo, apagaram todo estopim de guerra, de maneira incompreensível para os sábios terrenos, ainda que com um alto preço a ser pago devido aos transtornos causados na vida cotidiana de toda a população. O mundo se apagou ante a falta de energia. Os combates cessaram mesmo antes de começarem.

NO CINTURÃO DE ASTEROIDES, canhões de energia saíam de seu esconderijo. Movimentavam-se roboticamente, teleguiados, camuflados entre as rochas que circulavam naqueles domínios. Sinais emitidos por alguns instrumentos detectaram a nave que se alojara ali. Sem nenhum humano presente, os canhões, em silêncio técnico estratégico, voltavam-se para o local onde se abrigara a nave gigante, a verdadeira nave-

-mãe. Talvez nem mesmo os tripulantes da estranha embarcação soubessem que ali, em meio às rochas, haviam sido posicionados instrumentos de artilharia, que, até o momento, permaneciam adormecidos. Porque subestimavam a capacidade dos habitantes do terceiro planeta, não perceberam o sistema de defesa ali instalado.

Na Terra não havia mais atividade nas plantas de energia nuclear, devido à interferência extraterrestre. Os aparatos montados ao longo de anos nas rochas que circundavam o oceano de detritos daquele mundo antigo, situado entre Marte e Júpiter, cumpriam seu papel, previamente programado. O comandante e os tripulantes da nave extrassolar estavam vigilantes quanto a possíveis tecnologias superiores, mas lhes escapou que um sistema tão primitivo assim pudesse coexistir ali, entre os asteroides, tampouco que acarretasse perigo para eles. Foi esse seu erro semifatal. Quase a destruição veio sem que tivessem a chance sequer de se preparar. Haviam baixado os escudos defensivos, pois fora decretado silêncio técnico na poderosa nave-mãe. Todos os motores haviam sido desligados; era a ocasião ideal para fazer a manutenção da nave.

Nessa hora, os canhões foram acionados automaticamente. Por um erro de um dos tripulantes da embarcação espacial, um botão fora pressionado, e os escudos defensivos se levantaram segundos antes de efetivamente dispararem os canhões escondidos nos escombros do cinturão de asteroides. Foram salvos por muito pouco. Quase deixou de existir aquela unidade de tecnologia tão cobiçada pelos representantes das nações da Terra. Os terráqueos, entretanto, não sabiam disso; aparentemente, tudo se mantivera como antes.

Passado aquele momento, uma mensagem foi enviada pela nave de comando às demais, tanto na Lua quanto às que estavam escondidas no ambiente da Terra:

"Já está na hora de começarmos a substituição dos humanos na superfície. Vocês já têm as coordenadas dos principais dirigentes da Terra nesta época. Não podemos esperar mais, senão o plano de quinhentos anos será comprometido. Transpusemos o tempo e nos materializamos cá nesta época a fim de evitar que nossos antepassados deste século destruam o planeta. A ordem está dada. Que comece a substituição das consciências! Atenção: assumam os corpos antes que seja decretada a morte cerebral; vocês têm apenas alguns minutos para entrar no comando do cérebro dos hospedeiros. Temos de impedir que destruam o planeta. Nosso futuro depende disso!"

O futuro... será consequência das escolhas da humanidade! Esta é apenas uma alternativa.

CAPÍTULO 9

FUTURO ALTERNATIVO 2: E SE NAO MUDARMOS O ROTEIRO?[1]

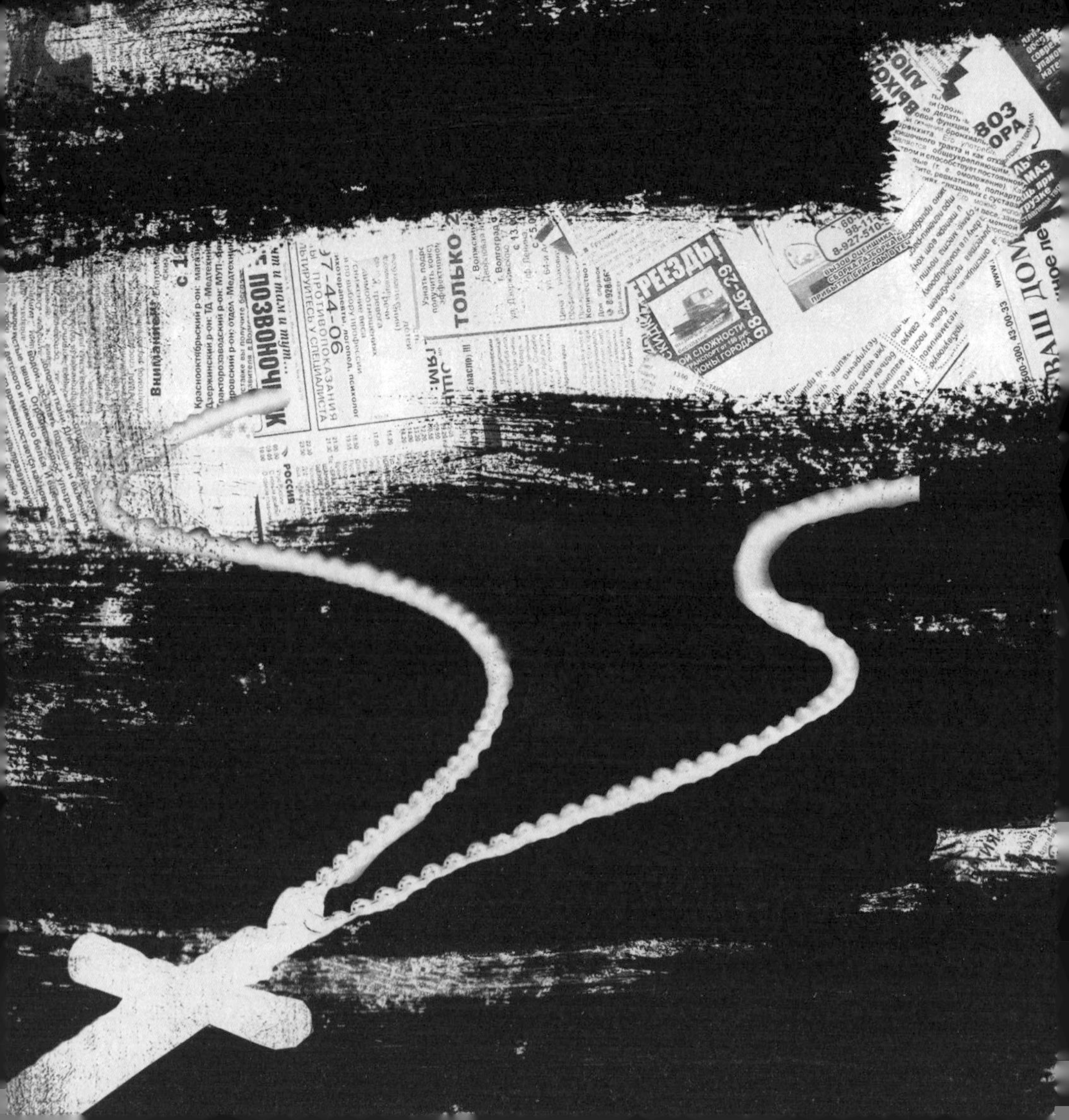

Ao redor do mundo havia desavença, inconformação e dificuldades em aceitar o que se abateu sobre o planeta. As religiões não proviam os fiéis de respostas condizentes com sua necessidade premente diante de tantas angústias vividas.

Os países se uniram numa espécie de governo mundial, de maneira que existia uma centralização do poder no bloco norte, a qual sobrepujara em muito as demais nações após as catástrofes enfrentadas. Uma polícia planetária respondia pela segurança mundial, com seus diversos departamentos em vários países — ou o que sobrara da estrutura deles na Terra deste finzinho de século. Agências como CIA, FBI e outras mais transformaram-se, fundindo-se num

1. Conforme denotam os títulos deste e do capítulo anterior, a expressão "Futuro alternativo" nomeia duas possibilidades distintas sugeridas pelo autor para a história da humanidade. Cada um dos capítulos, portanto, descreve consequências diferentes, a depender da escolha a ser feita pelos humanos para o seu próprio futuro. Os subtítulos de ambos os capítulos, por sua vez, indicam melhor quais seriam essas escolhas em cada situação apresentada. Algo semelhante se verifica também no capítulo final, ainda que com conformação singular.

serviço de inteligência supranacional em prol do novo aparato de governo.

Aparentemente, as disputas territoriais e de motivação mais tradicional cessaram. O desafio agora era de outra ordem: consistia em assegurar a qualidade de vida da humanidade, que sofrera sensível declínio depois de tragédias, cataclismos e revanches da natureza. Quase um terço dos humanos pereceu sob as catástrofes naturais e outros desastres provocados pela tecnologia da guerra. Respirar tornara-se um artigo de luxo para quem quisesse obter um ar mais ou menos puro.

A água potável era escassa. Por isso, a comunidade internacional resolveu recorrer ao Brasil, onde havia grandes reservas aquíferas no subsolo. Tal característica também foi uma das que atraíram expressivo número de cientistas, de diversas partes do mundo, que ali se refugiaram, principalmente membros da escola chamada por muitos, em tom pejorativo, de "nova ciência". Eles sofriam represálias em seus países de origem, o que os fez emigrar. Acreditavam ser possível reverter o caos que assolava a vida cotidiana e dilacerava os corações humanos aliando à ciência revelações de espiritualidade. Criaram, assim, uma vertente de conhecimento totalmente diferente daquela praticada em outros recantos.

Por outro lado, o Brasil enfrentava sérios problemas de ordem social. Rejeitava a interferência da polícia mundial e do governo central, porém não era capaz de fazer frente às guerrilhas de traficantes, as quais, desde a invenção das drogas virtuais, ganhavam poder de modo crescente. Dominavam a juventude, progressivamente mais apática pelo uso abusivo dos jogos digitais, que continham elementos viciantes e prejudiciais ao cérebro, formando uma geração apática e improdutiva.

— Não sei como enfrentar a situação por aqui — falou Orione, consternado, ao ver os acontecimentos e os rumos da política internacional, mas, de maneira especial, do Brasil, onde se refugiara a maioria dos novos homens.

— De fato, a cultura neste país parece ter se nivelado de modo rasteiro — observou Matheus.

— Preocupam-me outras questões — ponderou Michaella. — O segundo governo, ou o governo paralelo do Brasil, alastrou-se pela maior parte das metrópoles, dando origem a uma nova demanda demográfica, que decorre do anseio das famílias de se preservarem.

São levadas a se reunirem em cidades encasteladas, à semelhança do que ocorre nos Estados Unidos e em alguns países da Europa, atualmente, em face da expansão da política muçulmana nesses lugares.

Os amigos se entreolharam, apreensivos com a situação geral do mundo. Já não havia mais o antigo grupo de pesquisadores a serviço do Vaticano; as coisas se perderam em meio a tantos acontecimentos dramáticos. Foi Matheus quem retomou a palavra:

— Na América do Sul, outros elementos contribuem para a fundação de cidades capazes de

receber quem quer preservar a vida com a máxima qualidade possível.

— Parece que, no fim do século passado, determinado grupo filosófico-religioso chamava esse recanto do planeta de "Pátria do Evangelho". Não creio que estivessem tão enganados assim, muito embora o local tenha se convertido no país dos evangélicos, ufólogos, esotéricos e adeptos das novas seitas que surgiram a partir dos anos de 2050 — interveio Orione, mudando o rumo da fala de Matheus, ambos ex-padres.

Demonstrando certa angústia, meio cabisbaixo, Matheus lembrou-se de Damien, sacerdote e amigo que morrera vítima de um atentado. E comentou:

— O culto aos extraterrestres tornou-se uma febre geral, e muitos misturam suas verdades extraterrenas com elementos de religiões tradicionais, fazendo um amálgama de crenças e superstições bem à moda deste fim do século XXI.

— Sem contar, amigos, o que aconteceu com o território brasileiro ao longo desses últimos governos — acentuou Michaella, pois lhe interessavam um pouco mais o panorama político, geográfico e suas mudanças radicais ocorridas nos últimos quinze a vinte anos. — Os estados de São Paulo e Rio Grande do Sul, bem como parte da região Nordeste, decretaram independência e, após a secessão, constituíram-se repúblicas autônomas, embora dependam do restante do país em diversos aspectos. Algo semelhante ao que se viu na antiga União Europeia. Lembram-se?

"Outra mudança importante são as cidades que mencionei, habitadas somente por quem pode pagar altas somas a fim de se preservar da situação reinante nos grandes centros. Empregando-se a tecnologia deste fim de século, foram criados campos defensivos envolvendo tais cidades, de maneira que se torna difícil romper as barreiras que separam os residentes das demais pessoas de outras cidades do país."

— É verdade, mas esse fenômeno provocou uma reação inesperada dentro dessas "fortalezas" — redarguiu Matheus, que conhecia bem mais a história brasileira que seus amigos. — Têm ocorrido revoltas nesses lugares, e num grau inesperado por seus administradores. Uma nova geração apregoa rebeliões em várias delas, o que se vê também em outras semelhantes ao redor do mundo. O problema é que a qualidade do ar e dos alimentos caiu enormemente ao longo das duas ou três últimas décadas, principalmente devido ao estrago causado na natureza em decorrência das guerras químicas e biológicas desencadeadas nos últimos anos.

— Pelo visto, nem mesmo a natureza pode ajudar a salvar o planeta atualmente. Veja o que ocorreu na região Norte. Na Amazônia, quase já não existe diversidade de flora e fauna, sem contar as enormes regiões desérticas que lá se encontram, assim como no Nordeste.

Os amigos discutiam a situação do país e do mundo como se não houvesse grandes esperanças, mas precisavam situar-se. Talvez, ao imergirem nos problemas, pudessem enxergar soluções minimamente viáveis.

— O Rio de Janeiro já não tem mais sua antiga

configuração geográfica — falou Matheus, olhando pela janela do apartamento onde eles se encontravam, num hotel que conseguiam pagar com o pouco que lhes restara do dinheiro recebido do Vaticano e de um empresário que os custeava. — O mar tomou conta de diversas partes da cidade, obrigando-a a alastrar-se rumo ao subúrbio.

— E São Paulo então? — disse Orione, comentando a situação no maior centro econômico de outrora. — São Paulo tornou-se completamente inadministrável, pois cresceu de maneira irregular, completamente fora do controle. O trânsito nas ruas é tão caótico que, se não fossem os veículos voadores... Veem-se com frequência carros voando em meio aos prédios, mas, em compensação, a incidência de acidentes aéreos é impressionante. Soma-se a isso o tráfego de pedestres, de carros antigos, que só rodam nas vias convencionais, e de outros veículos mais bizarros, de meados dos anos de 2060; o conjunto forma um cenário um tanto caótico. É muito comum — acrescentou ele, demonstrando um misto de desespero e de senso de impotência — ver as pessoas se deslocando com máscaras, a fim de se preservarem da poluição e de outros elementos dispersos no ar, que tem estado difícil de respirar. A administração municipal decreta obrigatoriedade do uso de máscaras pelo menos três dias na semana.

— E não haveria como ser diferente — retomou Michaella. — Restaram muito poucas florestas pelo mundo. A quantidade de monóxido de carbono no ar é enorme, e, em alguns dias, quase não se pode respirar sem a ajuda de algum equipamento externo. Afinal, é por isso que foram criadas, nas grandes metrópoles do planeta, regiões com ar renovável, onde ele é filtrado e mantido por equipamentos tecnológicos, ainda que se pague muito para viver ali.

Pensativos, acionaram um aparelho, e um holograma projetou-se em meio à sala onde se reuniam no hotel.

— Vejamos alguns exemplares humanos deste fim de século.

Apareceu um homem que aparentava, segundo diriam habitantes da primeira metade do século e mesmo de depois, cerca de 65 anos.

— Um velho! — comentou Michaella.

— Não, meu amor — reagiu Orione. — Na verdade, isso está cada dia mais comum em diversas cidades do mundo. Esse homem aí tem exatos 35 anos. Acredite!

Mas a aparência destoa muito do que esperaríamos. Tem de acontecer algo antes que as coisas piorem.

— Acontecer o quê? Já não bastam as dificuldades enfrentadas pelo planeta inteiro nos últimos anos?

Orione ignorou o que Michaella dissera. Prosseguiu ele:

— Muitos homens, à semelhança desse, contraíram sérios problemas renais devido ao consumo baixíssimo de água. Água potável, como sabemos, é um bem raríssimo e valioso. Isso é uma realidade, mesmo levando-se em conta a tecnologia de dessalinização da água do mar, que ainda é muito cara.

— De fato, o consumo de água é extremamente controlado pelos governos do mundo inteiro. Tenho muitas saudades — comentou Michaella — dos anos em que podia tomar uma ducha tranquilamente, sentindo a água cair sobre a pele.

— Eh... Mas esse tempo já passou, há muito. Por isso, homens como esse do holograma se tornaram cada vez mais comuns de se ver. Por ora, contente-se em passar um lenço umedecido de azeite mineral sobre a pele, pois é o que nos resta fazer, e ainda agradecer, seja lá a quem for, por haver condições de mantermos a higiene pessoal.

Os dois nem conseguiram rir do comentário mordaz de Matheus.

Michaella dirigiu-se a um espelho e olhou a própria imagem nele refletida. Sem dizer nada, passou a mão direita sobre a cabeça. Respirou fundo.

— Sentindo falta de seus cabelos, meu amor? — comentou Orione ao vê-la meio melancólica. — Mas eu me acostumei com a situação e acho você incrível assim mesmo. Até porque, hoje em dia, ter cabelos é um luxo reservado apenas à elite dos que vivem em redomas. Simplesmente não há água suficiente

para lhes assegurar a higiene adequada. Então, você pode se contentar; não somente mulheres, mas nós, homens deste fim de século, em nome da economia de água, também tivemos de adotar esse costume.

Respirando fundo, tentando dar um tom mais leve à sua fala, completou, olhando para cima e revirando os olhos:

— Não me vem outra palavra neste momento: é ecologicamente necessário diante de nossa realidade atual.

Voltando a atenção de todos ao exame da imagem projetada, Matheus comentou com os amigos:

— Fui rever os arquivos de história e encontrei diversas referências, de décadas atrás, que mencionavam a necessidade de economizar água, de cuidar mais das reservas aquíferas, entre outros alertas do gênero.

— A gente tem a tendência de achar que as coisas sempre acontecem com o outro, nunca conosco. Creio que muito pouca gente deve ter dado confiança aos avisos, e, embora houvesse crescente preocupação ao longo dos anos com questões ambientais, talvez a forma como nossos antepassados falavam a respeito deve ter dado a entender que faziam desse zelo uma espécie de religião. Isso, provavelmente, afetou a maneira como as pessoas se portaram, naquele tempo, no que tange aos cuidados com a natureza — falou Orione.

— Ou outra coisa pode ter acontecido... — acentuou Matheus. — Pode ser que, quando o povo despertou de fato, já era irreversível o problema. Quem sabe...

— A verdade é que não há como voltar. Lamentavelmente, chego à conclusão de que o fato de haver diminuído tanto o número de habitantes no mundo, em virtude dos acontecimentos das últimas décadas, possa ter sido bom. Pelo menos, veio a calhar. Não consigo imaginar o planeta com metade da população a mais diante de tanta escassez de recursos como vemos hoje em dia. Vai saber o que o destino reserva para nós ou como o universo conspira, transformando aquilo que é aparentemente ruim em algo que acaba auxiliando a sobrevivência da humanidade...

Os dois olharam para Michaella como que a questionando, quase a censurando.

— É só uma opinião! — justificou-se a mulher, com humor, ao notar-se alvo dos olhares recriminatórios dos dois ex-padres, um dos quais seu amante.

Antes mesmo que dessem prosseguimento à discussão e à análise das mudanças drásticas ocorridas nos anos precedentes, uma espécie de som conhecido de todos anunciava uma notícia urgente veiculada na NetCosmic. O alerta era inaudível, mas perceptível ao cérebro, uma vez que a maioria das pessoas recebeu um implante tanto no nervo óptico quanto em determinada região do cérebro, o que fazia com que elas percebessem sinais emitidos pelos aparatos existentes naquele fim de século. Contudo, só acessaria a comunicação quem desejasse.

— Puxa! — falou Michaella olhando para Orione, um pouco incomodada com a notificação inarticulada. — Há muito tempo, escolhemos não nos inteirarmos de todo o volume de informações que nos assalta diariamente. Precisamos de tranquilidade para agir ao lado dos novos homens. Sinto falta do silêncio mental que tínhamos antes da explosão dessa tecnologia de ponta com a qual convivemos na atualidade.

Matheus fixou a amiga, entendendo o que ela pensava. Não obstante, argumentou:

— Precisamos saber o que se passa, amigos. A esta altura dos acontecimentos, qualquer notícia que mereça o alerta da NetCosmic pode fazer diferença.

Orione, mesmo cedendo à ponderação do amigo, comentou:

— Geralmente, nós preferimos ser pegos de surpresa pelos acontecimentos corriqueiros a ficar o tempo todo conectados. Não dá para processar esse número quase infinito de informações que chegam todos os dias. Porém, desta vez, concordo que precisamos saber o que houve. Até porque o sinal de alerta está intermitente. Pelo menos é assim que percebo.

— Eu também — afirmou Michaella. — Isso é sinal de que a coisa é bem séria.

Matheus ligou o implante óptico, e os demais o acompanharam. Imediatamente, imagens holográficas iguais, em 3D, formaram-se à frente de todos, ainda que cada qual só enxergasse a que provinha de seu aparelho. Isso ocorria porque estavam conectados ao mesmo canal de informação.

Notícias urgentes do Sistema Solar. Há alguns minutos-luz, o objeto estacionado no cinturão de asteroides entre Marte e Júpiter começou a se deslocar, dando a impressão de que partiu em direção à Terra. Depois de mais de cinco anos de silêncio, a espaçonave começa a dar mostras inequívocas de atividade. O estranho campo de forças que envolvia a região do espaço, impedindo que nossas expedições chegassem até o local, desfez-se misteriosamente. Agora, o mesmo campo permanece protegendo a embarcação gigantesca, que se desloca, em velocidade subluz, na rota dos planetas interiores. As potências do mundo estão em alerta total. O governo central já acionou todos os países, e os sistemas de defesa foram dispostos para nos proteger de possíveis visitantes. Não há motivo para pânico, cidadãos do mundo. O governo mundial já esperava alguma reação do estranho objeto. Estamos preparados para qualquer emergência.

Michaella olhou para os dois homens à sua frente e falou, preocupada:

— Depois de mais de cinco anos em absoluto silêncio, agora a maldita nave desperta para a vida. Justamente agora, quando começamos a arrumar a casa planetária.

— Arrumar a casa? Por acaso, está fora do ar, Michaella? Como pode isso se não estivemos em paz um minuto sequer? E quanto aos eventos terríveis desencadeados pelo colisor de hádrons construído pelos chineses? Sem falar das guerras contra o governo terrorista que se instalou em alguns países, apesar do comando mundial, cujo comportamento nem sabemos ao certo julgar, pois fica cada vez mais claro que emprega a polícia supranacional para coibir qualquer voz que se levanta contra ele. Ainda não citei a loucura desenfreada por retirar minérios de Marte e do cinturão de asteroides, tampouco a contaminação que esses novos elementos causaram a nosso mundo. Lembram a destruição que a nave transportadora ocasionou a grande parte da vida marinha quando caiu fumegando no mar?

— Pare por aí, Matheus! — interferiu Orione repentinamente. — Do jeito que vai, homem, daqui a pouco vamos nos suicidar...

Matheus respirou fundo, com o olhar fixo ora em Michaella, ora no amigo, e concluiu:

— Pois bem... Estamos longe de viver um estado pacífico tanto em relação ao nosso próprio mundo quanto a nós mesmos, seres humanos — e silenciou, sentando-se.

— Vamos acionar o canal dos novos homens. Temos informações muito mais completas por lá — comentou Michaella. — Tenho certeza de que Hadassa terá muito mais coisas a nos dizer a respeito.

Sem esperar a anuência dos dois, Michaella conectou-se imediatamente à rede dos novos homens, que, na ocasião, tinha se mudado para o Brasil. Localizava-se exatamente dentro d'água, numa região onde outrora ficara a Baía de Guanabara, antes do maremoto ocorrido há alguns anos. Numa região pouco profunda, os novos homens construíram sua base, em meio a uma profusão de construções que tiveram início algum tempo após o oceano avançar sobre a zona sul da capital fluminense. Eram patrocinados por um grupo de empresários que acreditava no futuro da humanidade. Entretanto, tão logo Michaella se conectou, em vez de ser atendida por sua amiga de anos, Hadassa, Yuri, o moscovita, foi quem se conectou do outro lado.

— Estamos em estado de emergência, Michaella. Hadassa não queria lhe incomodar antes de ter notícias mais detalhadas.

— Eu já sei, Yuri: a nave misteriosa alojada no cinturão de asteroides movimentou-se e está a caminho...

— Então não sabe da novidade toda!

— Qual novidade?

— Na verdade, Michaella, desde que você regressou ao Brasil, duas ou três semanas atrás, temos vivido nesse estado de alerta. Mas, como você se envolveu tanto com os acontecimentos recentes, que marcaram a trágica morte de Pedro II e, por conseguinte, o esfacelamento da Igreja, Hadassa preferiu agir sem a perturbar. Há alguns dias, ela decidiu dispersar os novos homens, de maneira que cada grupo, em cada continente, assumisse posições diferentes.

— E?

— A nave anunciada pouco tempo atrás pela NetCosmic é uma supernave, talvez um veículo de guerra, acreditamos, que já está entre Marte e a Terra há quatro dias. Foi identificado que, do bojo da embarcação gigante, diversas outras menores partiram e, neste momento, dirigem-se a determinadas localidades tanto da Terra como das luas de Marte, Júpiter e Urano. Uma batalha já está em andamento. Porém, o governo escondeu dos cidadãos a verdade até há pouco; aliás, revelou-a apenas parcialmente. Os líderes da administração mundial se refugiaram na Antártida, nos abrigos subterrâneos encontrados por lá anos atrás. Não restou autoridade alguma na sede das Nações Unidas, em Genebra. Ninguém! Tudo vazio, completamente abandonado. É de se ficar perplexo diante de tamanha covardia. Em resumo, creio que eles já sabiam de fatos muito graves havia tempo para agirem desse jeito.

— Então já estamos em guerra com os seres do espaço?

— Não exatamente. Eles atacaram as bases de Ganimedes e de Ceres. Quer dizer, elas não existem mais. Misteriosamente, as duas, com seus tripulantes

e especialistas, deixaram de responder ao chamado da Terra há cerca de 48 horas. Um cargueiro do Sistema Solar estava na região próximo a Ganimedes e para lá enviou uma sonda exploratória. Ao chegar, constatou que todas as construções estavam derretidas, como se tivessem sido submetidas a temperaturas inimagináveis. Ceres parece ter encontrado o mesmo fim. Sem sinais de luta, as duas principais estações do Sistema Solar foram simplesmente apagadas, neutralizadas.

— E por que o governo mundial escondeu tudo isso?

Matheus e Orione viam e ouviam tudo mediante o acesso franqueado aos dois por Michaella, cada qual se valendo do próprio implante óptico. Estavam estupefatos. As novidades eram estarrecedoras.

— Quando você tiver uma ideia a respeito, minha amiga, por favor, me comunique! Governos fazem o que governos fazem, em todas as épocas. A notícia, quando chega à população em geral, já é velha.

Naquele mesmo momento, a base da lua terrestre estava em polvorosa. Os estaleiros do Sistema Solar, localizados na superfície de Marte, encontravam-se em alerta total. Cuspiam nave atrás de outra em direção ao espaço entre mundos.

Por mais de dez anos, em segredo, e, por pouco mais de cinco, em caráter oficial, a coligação de nações mais desenvolvidas da Terra produzia naves poderosas — claro, sob o ponto de vista da tecnologia terrena — nos estaleiros escondidos nos polos norte e sul do planeta vermelho. A descoberta de metais preciosos e altamente resistentes no subsolo do quarto mundo provocou uma corrida desenfreada entre grandes corporações independentes com o intuito de explorar e trazer para a Terra tais riquezas. Entretanto, em caráter confidencial, o governo mundial patrocinou a construção de estaleiros, cavando o solo marciano e, no subsolo, ergueu um verdadeiro parque industrial de equipamentos de guerra da mais alta tecnologia. Paralelamente, em outros recantos do Sistema Solar, foram instalados potentes telescópios desenvolvidos por chineses e alemães, além de algumas naves fortemente armadas com bombas de última geração.

Da Lua partiram as ordens, pois ali tinha assento o quartel-general de todas as nações no que tangia a assuntos de defesa planetária. No local também existiam *bunkers*, encravados no solo pedregoso do satélite, para abrigar as maiores mentes científicas conhecidas, que trabalhavam em sintonia com o novo governo mundial, nem sempre bem aceito em todas as instâncias do planeta. Tudo sem que o homem comum, que vivia na crosta do planeta, soubesse ou desconfiasse. A NetCosmic foi completamente omissa a respeito: seus agentes ignoravam os fatos; ou se submeteram à censura por parte do governo ou cederam a suas pressões por interesse.

— Atenção! Atenção! Toda a artilharia do sistema Terra-Lua em estado de alerta total! Os membros do governo mundial já estão isolados; não há perigo de serem atingidos. Autoridade máxima, o Excelentíssimo Secretário dará as ordens de onde estiver.

Em todo lugar onde havia mísseis, armas nucleares

e sistemas de defesa. Tanto nas dependências do planeta quanto na Lua, todos estavam em alerta máximo.

— Atenção, postos avançados de Plutão, Netuno e do cinturão! Dirijam-se imediatamente para o centro do Sistema Solar. Precisam sobrepor-se às naves inimigas e colocarem-se em frente a elas, entre Marte e a Terra. Acionem seus motores de velocidade subluz e venham com toda a armada. Artilharia pesada! Esperem apenas a ordem do Secretário.

Na Terra, tudo se passava da mesma maneira de antes. Os acontecimentos que ocorriam no espaço não foram levados ao conhecimento público, a não ser o que foi liberado pelo Secretário, o comandante-chefe do governo mundial, que, naquele momento, assumia totalmente a frente de toda a frota terrena do Sistema Solar, a despeito de onde se encontrasse com seu estado maior.

A maioria das naves do Sistema Solar se dirigia às proximidades da Terra. No entanto, isso demorou pelo menos um mês, mesmo com a nova tecnologia de impulso de reatores subluz desenvolvida na última década. Enquanto isso, a elite política da humanidade presenciava suas bases serem desativadas uma a uma, deixando de existir, simplesmente, sem que isso afetasse o ambiente no qual estavam construídas.

— Seja quem for que está a bordo dessas naves inimigas, está fazendo um trabalho e tanto — comentou um oficial da frota terrena.

Os outros a seu redor, olhando pelas telas da base encravada entre as montanhas da Lua, fitaram-no em claro sinal de reprovação.

— Falei apenas! — reagiu o oficial ao gesto dos colegas. — Refiro-me ao fato de que eles, os inimigos, não destruíram nada, absolutamente nada, da paisagem de Ganimedes nem da de Ceres! Vejam nas telas

ópticas — e apontou para a imagem tridimensional que se elevava à frente de todos na base de artilharia localizada no satélite natural terrestre.

Os oficiais de plantão e aqueles que estavam em outras áreas da Lua, mas escutavam tudo nos aparelhos de comunicação subluz, somente então se deram conta de que o desmantelamento das bases terrestres nos outros satélites do Sistema Solar não afetou, de modo algum, a paisagem natural daqueles locais.

— Temo que nossos armamentos não causem estrago algum às naves inimigas...

— Agora que vi tudo isso... — balbuciou quase mecanicamente um dos oficiais mais graduados. —

Como diabos conseguem literalmente derreter nossas construções sem provocarem qualquer estrago ao solo ou ao ambiente onde elas estavam instaladas?

— Tecnologia, meu caro! Tecnologia de outro sistema, quiçá de outra galáxia...

— Mas temos aqui conosco uma tecnologia que nenhuma civilização antes de nós sequer imaginava ser possível desenvolver...

— A despeito disso, convém analisar o seguinte — chamou a atenção um general. — Os visitantes foram capazes de fazer uma viagem de um Sistema Solar a outro, vindo até nós. Com toda nossa tecnologia, ainda não conseguimos vencer as imensas distâncias entre um sistema e outro; pelo menos, não com uma nave tripulada. Então, não é óbvio quem está em vantagem sobre o outro?

Todos pareceram chegar à mesma conclusão de modo simultâneo.

— Então, senhores, resta-nos pedir por nossa sobrevivência e pela da humanidade, além de lutar como pudermos...

E fez-se repentino silêncio na base lunar, bem como nas comunicações. As naves, conforme estampadas nas telas, moviam-se quase deslizando entre um planeta e outro do sistema. A nave principal, imensa, quase uma lua, era de meter medo nos mais arrogantes guerreiros e governantes terráqueos. Silenciosamente, as pequenas naves, que, assim mesmo, eram maiores que os foguetes desenvolvidos nos estaleiros da Terra, iam e vinham de um mundo a outro. A frota estelar não demonstrava a mínima preocupação com a chegada de foguetes dos estaleiros localizados em Marte, nem tampouco com as demais naves que rumavam em direção ao terceiro planeta, segundo determinação do quartel-general lunar. Além disso, nenhuma das embarcações alienígenas respondia às iniciativas de contato por qualquer frequência conhecida e empregada pela aparelhagem terrena. Havia um fluxo intenso de sinais de rádio, mas todos pareciam se propagar numa frequência nunca antes usada ou concebida pelos homens da Terra. Isso era possível?

DENTRO DA NAVE MAIOR, um homem, ou melhor, um ser humanoide, manipulava vários instrumentos com seus membros superiores numa rapidez sobre-humana. Lograva dar atenção a diversas frentes de trabalho simultaneamente. Emitia sons que soariam estranhos aos terrestres; irradiavam-se em ondas semelhantes às de rádio, as quais eram captadas por um sistema nervoso muitíssimo mais complexo do que o humano, cuja estrutura neural transportava dados entre dois cérebros. Um deles era o principal, o qual processava todas as informações de caráter racional. O outro, chamado subcérebro, localizado na área que, nos humanos, corresponde à do cerebelo, acionava dados que os órgãos dos cinco sentidos humanos não poderiam jamais interpretar, pois, quando o faziam, era somente devido ao concurso de computadores, isto é, após a humanidade desenvolver a tecnologia dos implantes ou da microtécnica, que aumentava o potencial do cérebro humano. Mesmo assim, a despeito de todo esse incremento, o resultado ficava muito a dever em relação à capacidade dos visitantes de pensar e de se comunicar.

— Temos observado esse orbe e sua civilização desde muitas revoluções siderais — comentou, numa linguagem não articulada, um humanoide que parecia exercer uma posição de comando dentro da nave majestosa. — Os próprios habitantes estão em vias de destruir o mundo onde vivem. Quase nem conseguem mais sobreviver na superfície ou o fazem a duras penas. Não lhes restam mais alternativas; todas as possibilidades foram esgotadas. Agora, convém deter esses seres, que se converteram em aniquiladores de si mesmos e de sua morada planetária.

— Ainda por cima — obtemperou outro humanoide, de estatura ligeiramente menor que a do primeiro —, eles têm alastrado degradação a outros planetas. Se porventura extrapolarem os limites deste Sistema Solar, tendo em vista a forma com que lidam com a própria vida, decerto outras comunidades desse quadrante da galáxia sofrerão sua interferência daninha.

— Já recebi a ordem de interferir. O primeiro passo é desarmá-los, o que não será difícil. Depois, compete-nos localizar, entre seus habitantes, aqueles que trazem a marca inscrita em suas moléculas de DNA[1]. Os que a

2. Diferentemente do que entende a genética contemporânea, os espíritos de ciência afirmam que o DNA pode ser, sim, alterado pela mente e pelo comportamento do próprio espírito, tanto quando está em vias de reencarnar como ao longo da existência física. Talvez a passagem que ilustre melhor essa visão seja esta: "O pensamento envenenado de Adelino destruía a substância da hereditariedade, intoxicando a cromatina dentro da própria bolsa seminal. Ele (...) estava aniquilando as células criadoras, ao nascerem, e, quando não as aniquilasse por completo, intoxicava

possuem terão uma oportunidade diferente da maioria.

HADASSA SAIU DE DETERMINADO local no pavilhão, onde caminhava rapidamente, pensando em atingir o lado oposto ao que se encontrava, pois necessitava urgentemente conversar com sua equipe de especialistas. Todos a esperavam com ansiedade, pois a mulher era a segunda em comando entre os novos homens, abaixo apenas de Michaella. Ela deveria se reunir com alguns velhos conhecidos para tentar obter mais informações sobre as ocorrências no Sistema Solar. Hadassa virou numa curva, em um corredor imenso dentro do pavilhão, enquanto era seguida por alguns poucos amigos passos atrás. Todos a viram tomar aquela direção segundos antes de a pessoa logo depois dela fazer o mesmo movimento, ou seja, ela ficara apenas por breves instantes fora do campo visual dos demais. Contudo, Hadassa simplesmente sumira. Desaparecera sem deixar pistas. Um a um, todos vinham atrás dela e viravam a mesma esquina

os *genes do caráter*, dificultando-nos a ação..." (XAVIER, Francisco Cândido. Pelo espírito André Luiz. *Missionários da luz*. 45ª. ed. Brasília: FEB, 2013. posição 7836, cap. 13. Grifo nosso).

do corredor. Simplesmente ninguém a viu mais.

— Onde está Hadassa? Aqui não há portas ou qualquer compartimento desconhecido! Não há abertura por onde passar…

Um estranho pressentimento tomou conta dos quatro que seguiam o rastro da mulher com habilidades psíquicas extraordinárias. Ninguém tinha resposta.

O local sediaria uma conferência, realizada numa das dependências da universidade chinesa onde foi projetada a construção do mais recente colisor de partículas. O evento visava desmistificar associações entre o novo aparato da China e o fenômeno que denominaram pequenos buracos negros, cujo aparecimento coincidira com sua inauguração.

De repente, em meio a comentário de um dos presentes, quando Dr. Ryann estava no púlpito e todas as atenções se voltavam ao jovem que exercia a palavra, o cientista simplesmente sumiu; na verdade, tornou-se mais e mais transparente, de modo gradativo, até desmaterializar-se por completo. Na plateia, alvoroçada pelo desaparecimento do homem, diversos outros se ausentaram, de igual maneira, causando um alvoroço que repercutiu logo via NetCosmic e NetVision.

No mundo todo, entre estudiosos, cidadãos comuns,

novos homens e até crianças, o sumiço misterioso acometia todos. Ao longo de um mês, quinhentas, oitocentas, mil, 10 mil, 50 mil pessoas, em todas as latitudes do planeta, simplesmente desapareceriam, à vista de todos, sem deixarem rastros. O fenômeno abriu intensos debates e deu margem ao surgimento de toda espécie de teoria conspiratória ao redor do globo. A despeito de tudo, as pessoas não paravam de desaparecer. Alguns acidentes se tornaram inevitáveis. Aviões e aerocarros de repente se viam sem os condutores, apesar de os sistemas de piloto automático minimizarem os infortúnios. O medo contagiou a população do mundo inteiro. Não havia um perfil evidente, ou pelo menos algum que se acomodasse nas teorias dos estudiosos a ponto de explicar o inexplicável. As pessoas simplesmente sumiam sem deixarem vestígios.

— Já passam de 100 mil os relatos de desaparecimento no mundo todo — conversava Matheus com o amigo Orione por meio da NetVision.

— Estou aflito, pois não tenho mais notícias de Michaella desde ontem à noite, quando ela saiu para procurar pistas acerca de alguns novos homens.

— Pelo que sei, alguns deles sumiram tão misteriosamente quanto o restante das outras 100 mil pessoas — retrucou Matheus, tentando distrair a atenção do amigo a respeito de Michaella. Ele mesmo já não acreditava que poderiam encontrá-la. — O pior: esses acontecimentos insólitos tiraram todos os cientistas do mundo do foco principal, que, até então, era a soberba espaçonave que se aproxima da Terra.

— Não sei mais qual é minha principal preocupação, Matheus. Os religiosos estão em polvorosa. Surgiram as mais estranhas teorias nos últimos meses, e religiões novas parecem brotar em todo lugar. Os salvacionistas aproveitam para abusar da fé e da falta de informações em relação aos acontecimentos. Além disso, para piorar, todos os canais da NetVision estão ocupados com comentaristas que vagam entre as opiniões mais absurdas sobre os visitantes siderais e o sumiço das pessoas em todo o mundo. E nada de Michaella! Já experimentei todas as faixas de frequência da NetVision... e nada!

A NAVE ACERCAVA-SE SOLENEMENTE do planeta, sem que nada pudesse ser feito a fim de evitar a perigosa aproximação. Os homens em geral, tal como os especialistas, estavam mais apavorados a cada dia que se passava. Várias mentes, entre as mais brilhantes do mundo, haviam desaparecido junto com a multidão.

— Em meio a tudo isso, só há uma única pista — falava um físico nuclear perante um grupo seleto que se reunira nos Alpes suíços —, isto é, um denominador comum entre todos os desaparecidos. Não obstante, nada poderemos fazer com essa informação; ela é inútil do ponto de vista prático. Trata-se do DNA de quantos sumidos examinamos. Como sabem, desde os fins da década de 2080, amostras de DNA de quase todos os cidadãos do mundo foram colhidas e armazenadas nos bancos de tecnologia genética do governo mundial. O objetivo da época é obscuro até o dia de hoje... Ninguém o sabe ao certo, nem mesmo nós, que representamos a elite científica do mundo, tampouco aqueles que se refugiaram no Brasil, que estão entre os mais conceituados nomes do conhecimento.

— Já pensei nisso, Dr. Moacad. Minha equipe e eu avaliamos os bancos de dados do governo mundial, e, até agora, nada.

— Como conseguiram acessar informações confidenciais da administração central? Isso é impossível!

— Nada é absolutamente impossível, meu caro doutor. Nada! Como, aliás, as experiências recentes demonstram. Mas deixemos isso para lá; agora, nosso foco de atenção é outro.

"Em virtude do desaparecimento das pessoas de forma tão surreal e misteriosa, decidimos acessar as informações genéticas e descobrimos, em pelo menos mais de 10 mil casos, que há certa conformação de genes ou algum dado não decifrado no código genético dos desaparecidos que nos parece bem semelhante entre todos eles. Todavia, o que conseguimos foi somente identificar essa similitude, nada mais. Não fomos capazes, apesar de todo o conhecimento e de toda a tecnologia a nosso dispor, de avançar sequer um milímetro em decifrar o que envolvem tais circunstâncias e no que consiste a característica genética que os distingue dos demais."

— Mas todos os desaparecidos trazem a mesma marca genética? É isso o que quer nos dizer, doutor?

Respirando fundo, como que mostrando estar farto de tanto mistério e de tantos desafios no fim do século, o cientista respondeu:

— Não todos, pois não investigamos os registros de todos os desaparecidos; somente dos 10 mil aos quais me referi. Porém, consideramos a amostragem suficiente, mais que suficiente, do ponto de vista estatístico, para formarmos um juízo. De todo modo, sobretudo porque tivemos êxito zero ao avançarmos nas investigações, para mim basta de mistérios absolutamente insondáveis, de fatos e fenômenos que desafiam nossa ciência e nossa sabedoria. *Desafiam* não é a palavra correta; ela é posta em xeque na verdade. Minha conclusão é que nossa ciência não passa de um monte de certezas sobre realidades absolutamente incertas. Chegamos a um ponto em que todos os acontecimentos desmentem as mais brilhantes teorias.

Em todo o planeta, situação análoga se repetia; velhos modelos e concepções caíam por terra. O Vaticano não existia mais; pelo menos não como era conhecido ao longo dos últimos séculos. O arcabouço mais robusto do sistema religioso vigente no planeta ruíra e falira definitivamente. Em toda área da vida, a constatação era uma só: a humanidade teria de se reinventar caso sobrevivesse. E, ainda por cima, a nave magnânima, que desafiava tudo e todos...

A nave soberana aproximava-se perigosamente. Outros milhares de naves, talvez pilotadas por seres estranhos à humanidade terrestre, preenchiam o campo visual das telas de rastreamento de todo o planeta, inclusive da base lunar. Nenhum dos mísseis, dos projéteis e dos foguetes da Terra conseguia nem mesmo aproximar-se do alvo; evitar que a nave chegasse se mostrava, afinal, missão impossível.

Mais uma vez palco de confrontos entre as nações, as quais disputavam quem seria a primeira a ter posse da tecnologia alienígena, o Oriente Médio assistiu a todos os equipamentos deixarem de funcionar de modo súbito e inexplicável. Alguns especialistas e técnicos lotados ali também, simplesmente, desapareceram sem deixarem vestígios, tais como as outras 100 mil pessoas ao redor do globo. As guerras cessaram nos campos de batalha, pois a tecnologia terrena colapsara por completo. Não se tinham mais notícias do governo mundial, cujo sistema ruíra. Mediante a falência operacional da tecnologia e dos equipamentos de variada espécie, danos irreparáveis estouravam aqui e ali em todos os países. Uma energia misteriosa irradiava da portentosa nave, ainda distante centenas de milhares de quilômetros da Terra.

Milhões de seres humanos foram às ruas, enquanto fenômenos sem explicação ocorriam aqui e acolá. Temeroso, o povo não tinha mais em quem se apoiar em face do grande acontecimento, o prenúncio da chegada da nave silenciosa. Nenhuma destruição era observada no entorno da espaçonave. Somente a aproximação inadiável, divisada junto a milhares de pequenas naves ou, quem sabe, sondas espaciais de observação, que eram detectadas pelos radares em todo o mundo e se espalhavam no entorno do orbe, da Lua e no espaço entre Terra e Marte.

De repente, a nave-mãe paralisou por completo seu trajeto rumo à morada dos homens. Proximidade maior colocaria em risco a estrutura magnética do planeta devido ao tamanho e à massa da embarcação intergaláctica. Parecia que a distância exata que o equipamento deveria manter em relação ao orbe fora calculada pelos tripulantes a fim de se evitarem danos. Não obstante, a visão soberba era observada de todas as latitudes ao mesmo tempo. Os cientistas não sabiam dizer como isso poderia se dar; nenhuma teoria científica explicava o acontecimento insólito. No entanto, qualquer ser vivo veria a nave como uma lua gigante, maior do que o satélite natural, pairando no céu, ao longe. Desconhecia-se se o tamanho visto a partir da superfície era real ou se se tratava de uma ilusão de óptica induzida pela tecnologia inimiga, como consideravam os governos.

A multidão, aflita, silenciosa, acorria pelas avenidas e pelas ruas em toda cidade. As guerras silenciaram, e as pessoas continuavam sumindo sem deixarem vestígio algum. Cem mil, 120 mil, 130 mil pessoas contabilizadas até aquele momento. Afinal, existia um registro eletrônico de cada um dos habitantes do planeta; não havia como errar nessa contagem. Logo eram 135 mil, 140 mil, 144 mil que esvaneceram misteriosamente. Foi quando cessou o número dos desaparecidos. Exatas 144 mil pessoas, de todas as nações e de todos os povos do planeta. Desde gente mais simples até mentes científicas brilhantes e os novos homens, absolutamente todos eles, dissiparam-se. Era uma noite misteriosa no planeta; noite de conhecimento e de explicações. Pairava um temor como nunca houvera na história das civilizações até ali, o qual tomou conta de todos.

De repente, uma voz inaudita, algo não humano, um som semelhante ao do alerta da NetVision, que repercutia nas mentes de todos, em qualquer país, foi ouvido indistintamente pelos viventes. Todos os poderes do mundo simplesmente faliram diante da demonstração de uma tecnologia superior.

— Humanos, filhos da Terra, irmãos nossos!

Uma imagem se projetou nas nuvens, sendo percebida pelos habitantes do globo. Simultaneamente, todos os aparelhos de comunicação e todos os implantes ópticos exibiam a mesma mensagem. Cada povo e cada nação a recebia conforme as características de sua cultura. Nesse sentido, os implantes ópticos desempenharam papel essencial, pois os visitantes, ao interferirem no funcionamento de tais aparelhos, eram percebidos como seres respeitados no contexto daquele grupo populacional, sempre de acordo com o sistema de crenças de cada nação, de cada povo.

Prosseguiu a voz do avatar:

— Retorno agora, depois de haver pisado o solo de vosso planeta há milênios para levar cada um de vós a refletir intimamente sobre vosso sistema de vida e para que tenhais a derradeira chance sobre o solo deste que é um dos mais belos mundos de vossa galáxia. O orbe chegou ao máximo de abuso diante das leis cósmicas que definem a evolução dos planetas e dos sistemas do universo. Esgotaram-se os recursos pedagógicos que vossa morada tinha para despertar-vos à necessidade de viverem pacificamente.

"Agora, inaugura-se uma etapa de transição, e todos vós, os filhos desta morada, experimentareis uma era de aparente paz, na qual tereis tempo suficiente para refazerem vossa política de convivência com o próximo e com o ambiente em que viveis. Levaremos conosco seres de vossa humanidade de todas as origens, escolhidos entre o povo, a fim de prepará-los para semearem um novo mundo na imensidão. Caso sobrevivais vós próprios, podereis entrar em contato com os que foram tomados de vossa humanidade para formarem uma nova raça de homens. Nessa hipótese, eles serão seus mestres na condução de uma nova proposta para o homem chamado terráqueo, pois retornarão para trazer-vos boas-novas, conhecimentos e experiências que adquirirão entre as estrelas.

"Se porventura não aproveitardes a oportunidade que vos é oferecida, isto é, se porventura não conseguirdes reeducar-vos para uma vivência pacífica entre os povos do planeta, se não recuperardes vosso bioma natural, vosso mundo, os abduzidos prosseguirão pelo universo, e vós colhereis o fruto de vossas atitudes e de vossa civilização. Deveis encontrar o caminho por vós mesmos. Cabe a cada um de vós a reconstrução do vosso planeta e de vossas vidas."

A voz misteriosa silenciou-se por completo para não mais ser ouvida por aquela geração de humanos.

Duzentos anos depois, quase não se reconhecia mais a face do planeta. Nenhuma tecnologia baseada em fusão e fissão nuclear funcionava. O mundo havia modificado seu roteiro de vida. Haviam se espalhado pelo mundo alguns equipamentos misteriosos, pequenos, de mais ou menos 20cm a 30cm. Eles voavam a baixa altitude e dificilmente eram vistos pela população; pareciam espionar a humanidade, que se refazia e se reconstruía lentamente. A própria natureza aparentava se recompor sem precisar de muita interferência humana. A impressão era que o número de humanos sobre a Terra nunca aumentava. No que tange ao contingente populacional, chegara-se a um denominador comum, que parecia se equilibrar. A longevidade crescia a cada dia, com maior qualidade e menos, cada vez menos marcas de envelhecimento. Algo acontecia, mas as pessoas mal percebiam que viver 100 ou 150 anos era gradativamente mais comum no mundo novo. Quem falecia com 100 anos morria ainda jovem pelos padrões novos, mas quase ninguém notava, pois todos estavam se acostumando tanto com os novos modelos que isso não fazia diferença. Um mundo novo surgia das cinzas do velho mundo. Uma nova humanidade, uma nova civilização.

Essa seria tão somente a alternativa de um futuro improvável, mesmo assim, nada impossível de ocorrer. Quem sabe um futuro alternativo em um universo de possibilidades infinitas...

CAPÍTULO 10

HAVERIA UMA ALTERNATIVA AO FUTURO?

Os eventos marcantes da última década mudaram profundamente a política e as religiões em todo lugar — principiou Michaella. — Pelo jeito, a presença de um inimigo comum fez com que o homem terreno reavaliasse seu caminho, e pelo menos grande parte da humanidade resolveu modificar a forma de ver o mundo onde habita e administrar as questões domésticas, do próprio país, de modo diferente.

— Pois é, minha querida — assentiu Orione. — Ao mesmo tempo, parece haver fracassado a tentativa de um único governo global, que se mostrou uma aberração num mundo tão miscigenado, tão plural e heterogêneo como o nosso.

— Isso eu sabia que não daria certo — interferiu Dr. Ryann. — No máximo, Orione, tendo a acreditar num formato semelhante ao que adotou a antiga União Europeia, porém em escala global, ou seja, uma espécie de parlamento mundial, algo bem mais aperfeiçoado do que a antiga ONU. Considerando uma sociedade tão complexa e multifacetada como a nossa, não creio que a busca de um modelo melhor termine; jamais será perfeito, e um governo mundial único não me parece ser a solução, de maneira nenhuma.

Isso mataria a identidade cultural e a autonomia dos países, a autodeterminação dos povos, a liberdade, em suma. Ao menos — falou respirando fundo —, os líderes da comunidade internacional acordaram a tempo e encetaram a marcha rumo à preservação da cultura de povos tão diversos, ainda que caminhemos para uma forma de governo que represente todos, mas sem anular as distinções entre as nações. Nada de fusão! Agora, para onde caminhamos exatamente, ainda não sabemos.

A líder dos novos homens completou:

— Na verdade, senhores, tudo mudou completamente! Isso é uma realidade. Apesar disso, temos de convir, estamos em plena transição. O mundo está em vias de descobrir como sobreviverá em face dos últimos acontecimentos — resumiu Michaella, que àquela altura já se cansara de analisar tantos aspectos de um novo mundo pós-apocalíptico.

Mesmo assim, Dr. Ryann continuou a conversa, uma vez que sua área de atuação abrangia vasto conhecimento e ele dominava informações mais precisas do que os outros dois amigos:

— Os cientistas temiam muito que um pedaço maciço do asteroide pudesse cair na falha geológica de San

Andreas, porém, descobriram no último instante um erro em seus cálculos. Parte do monstro espacial que ocasionou tantas baixas nas vidas humanas atingiu em cheio a falha submarina de Cascadia, situada a noroeste dos Estados Unidos, Oceano Pacífico adentro. O incidente provocou tremores de magnitude superior a nove graus na escala Richter e causou um tsunami, o qual devastou a costa norte da Califórnia e a Colúmbia Britânica, província canadense. Depois que o continente norte-americano se viu diante de tamanha calamidade, e, ao lado disso, milhões de pessoas ao redor do mundo sucumbiram em razão da série de eventos catastróficos, o planeta ficou em polvorosa. Sem contar as diversas cidades, em ambos os hemisférios, que foram atingidas direta ou indiretamente por esses fenômenos, que quase assinalaram o fim do nosso orbe.

"O novo líder que apareceu, emergindo da multidão, parece sobressair entre todos os demais, os quais prometem soluções mirabolantes — Ryann acrescentou, traçando um panorama da situação mundial. — É curioso: trata-se de alguém cuja procedência nem nosso sistema de rastreamento individual consegue estabelecer; ninguém sabe ao certo de onde veio ou onde nasceu... não há registro de genealogia alguma. Ele se apresenta como cidadão do mundo e propõe a união de todos em torno da sobrevivência da Terra.

"As Nações Unidas são indicadas como a sede de um novo parlamento mundial, portanto, com representatividade e papel distintos dos que a instituição detinha antes.

"As forças mundiais de segurança há muito usufruem de um aparato tecnológico que propicia a todos os agentes conexão a uma rede global de computação. Entretanto, hoje é evidente o perigo que vem das máquinas ou da inteligência artificial, que, a passos largos, revela-se como uma ameaça, tal como previsto anteriormente. Entre outros exemplos, notam-se os soldados-robôs, bem como os antigos *drones*, agora reprogramados para serem armas de guerra, além dos artefatos tecnológicos implantados nos corpos de quem pode pagar. Esta última questão me parece ainda mais temerosa: sentidos especiais, como visão e audição ampliadas, e capacidade de processamento de dados comparável à de computadores quânticos, tudo isso implantado nos cérebros de poucos humanos..."

— Isso é realmente preocupante, Ryann — tornou

Michaella, tendo sua atenção novamente cativada pela conversa.

— Além disso, meus amigos, contamos com um centro mundial de informações que nos causa certa apreensão quanto ao futuro que nos espera. Muitos países possuem dados pormenorizados de todos os seus cidadãos, onde quer que estejam. Um sistema de controle de identidade atrelado à plataforma da NetCosmic monitora todos os indivíduos conectados, e dificilmente poderão sobreviver nas cidades aqueles que não se submeterem ao forte controle estatal. No fim das contas, todos precisam ter uma senha, um controle implantado em seu corpo, a fim de usufruírem de serviços essenciais, e, para tanto, devem ser identificados. É forçoso reconhecer que, na conjuntura atual do planeta, isso facilita evitar o caos e detectar os cidadãos que se vinculam a forças antagônicas à ordem e ao progresso ou que, porventura, façam parte de qualquer sistema ou grupo terrorista.

— Sinceramente, amigos… — manifestou-se Orione, entre indignado e desolado com a situação, mas pragmático. — Não temos como combater esse sistema sem nos integrarmos a ele. As catástrofes pelas quais passou a humanidade criaram a necessidade de um regime como este em que estamos inseridos. Somente algo verdadeiramente assombroso, tal como uma força externa, seria capaz de abalar a realidade vigente.

— Acaso já souberam dos embates dos cientistas de todo o mundo com o inimigo invisível?

— Inimigo invisível? — perguntou Orione a Dr. Ryann. — Parece que estamos desatualizados.

— Meu querido — argumentou Michaella —, nem mesmo com os avanços da NetCosmic e tendo livre acesso a um número assustador de informações, de que nunca o homem terreno dispôs em toda a história, é

possível sabermos de tudo o que está em andamento no planeta.

— Na verdade, amigos, nem tudo o que os cientistas descobrem é vazado para a imprensa... Temos segredos guardados a sete chaves. Porém, nossa ligação é suficientemente estreita para eu compartilhar algo com vocês.

O casal se entreolhou, como que aguardando uma notícia desagradável. Sem delonga, Dr. Ryann falou abertamente, não ocultou nada dos amigos, dos quais havia se aproximado ainda mais devido ao enfrentamento das catástrofes daquela época:

— Um grupo de cientistas conseguiu detectar

uma estranha enfermidade que assola várias partes do mundo — informou pausadamente o cientista. — Obtiveram financiamento de órgãos de inteligência secreta internacionais e de certos laboratórios ao redor do mundo, em troca de compartilharem as descobertas e a possível cura com essas mesmas entidades, cuja intenção é se apossar dos direitos de produção de tais medicamentos e vacinas, entre outras vantagens.

Michaella e Orione outra vez se fitaram, sem entenderem o alcance do que Dr. Ryann explicava. Segundo todo aquele mistério indicava, não se tratava de uma patologia qualquer.

— A enfermidade se alastra pelo mundo sem fazer alarde. Uma parte apreciável das populações de vários países foi afetada, especialmente nas porções central e oriental da Europa, sobretudo na Rússia, e em certos países africanos ao norte do Saara. Entretanto, como é uma ameaça invisível, silenciosa, alguns governos e mesmo estudiosos nem sequer imaginam a gravidade do que está em curso, mas já podemos falar em uma pandemia latente. As mortes parecem ocorrer de forma natural; todavia, depois de pesquisa cautelosa e análises reiteradas em laboratórios secretos de países mais desenvolvidos, chegou-se à conclusão de que um agente desconhecido tem causado mutações genéticas lentas, porém fatais. Não se sabe a origem desse patógeno, que age de modo tão discreto a ponto de os infectados morrerem de causas aparentemente naturais.

— Puta merda! — exclamou Michaella, sofrendo instantânea reprimenda do olhar de seu companheiro. — Mais essa merda para piorar a situação?!

— Somos levados a crer que o profeta adormecido tinha razão — falou Orione baixinho, de modo que somente Michaella o escutou.

— Profeta adormecido?

— Deixe pra lá, Michaella! Deixe pra lá... Apenas me referia a alguém que viveu no século passado; nada demais.

Dr. Ryann não deu importância à pergunta de Michaella nem se atentou à fala de Orione. Apenas continuou:

— Não se sabe ao certo se o inimigo silencioso seria o resultado de experiências genéticas malsucedidas; da exposição a elementos radiativos testados ao longo do tempo em laboratórios; ou, então, de algum vírus que tenha escapado ao controle, contaminando inicialmente um dos cientistas que lidavam com determinada experiência. Fato é que conseguiram identificar o agente transmissor de primeiro grau, como dizemos a respeito de quem primeiro foi contaminado. Foi um pesquisador que transmitiu a enfermidade, a qual se propagou celeremente depois de o homem pegar um voo rumo a Hong Kong. Assim que ele desembarcou do avião, em território chinês, começou a descer sangue pelo seu nariz, e ele foi direto ao toalete do aeroporto. As câmeras de segurança registraram tudo detalhadamente. O restante vocês podem imaginar como aconteceu. Muitos passageiros daquele voo, infectados a partir de então, levaram o agente patogênico da enfermidade silenciosa, já modificado, aos países aonde se dirigiam.

"Esse foi um dos principais fatores responsáveis por acelerar a implantação do monitoramento da população mundial, política iniciada mediante alterações feitas nos implantes ópticos e cerebrais que visam aumentar as habilidades pessoais. A justificativa apresentada nos gabinetes onde se decidiram tais medidas, é claro, foi evitar mais contaminações. Por meio de chips implantados, os laboratórios, sob rigoroso controle governamental, conseguem identificar e rastrear os cidadãos ao redor do globo. O resultado dessa prática vocês já conhecem."

— Não estaria a suposta enfermidade associada à ideia de controle populacional? — perguntou Michaella.

— Essa é mais uma teoria da conspiração que está amplamente difundida nos dias de hoje, como nunca na história — respondeu Dr. Ryann, de forma breve.

Pensando um pouco mais, Orione se levantou e caminhou pelos aposentos onde se reuniam. Depois de vagar de um lado para outro e após um período de silêncio, resolveu falar:

— Nos meandros da Igreja, as coisas não andam

nada bem também, meus amigos. Depois que os onze cardeais foram escolhidos como forma de assegurar a perpetuidade da Igreja, que vinha de longo período em descrédito, Pedro II impulsionou as reformas iniciadas sobretudo após a queda do fragmento de Seth em Roma. Eis que decidiram dividir a cristandade em doze regiões, apesar da discordância dos cardeais mais antigos. A partir de então, uma onda de assassinatos se instaurou, mas é ocultada como segredo de estado nos bastidores da Santa Sé.

"Soubemos por fontes seguras, de amigos dentro do que restou do Vaticano, que muitos dos padres mais devotos acabaram se suicidando diante da mudança brusca na forma de conduzir a Igreja. Outros foram motivados, também, por interpretações apocalípticas acerca das catástrofes mundiais, notadamente a queda de um filho de Seth sobre partes do Vaticano, o que seria uma espécie de prenúncio da ira divina, do juízo final ou de qualquer fatalismo do gênero. Certo é que uma nova ordem se impôs, pois a Igreja nunca mais conseguirá recuperar seu antigo poder espiritual. Numa reunião do concílio, ou do que restou dele, chegou-se à conclusão de que não há quórum suficiente sequer para eleger um novo pontífice, se for o caso. Aliás, tampouco há condições morais para tanto, diante do abatimento geral pelas ocorrências últimas."

— Bem, meus senhores — levantou-se Michaella, denotando nova postura ante os comentários. — Será que um de vocês tem ao menos algo de bom a dizer, ou continuaremos a desfiar um rosário de lágrimas infindas?

Dado o tom de sua voz, ela colocou fim à conversa, pois mesmo Ryann sentiu-se intimidado com a forma como ela falou.

Entrementes, as contradições e as tensões internacionais ficavam cada vez mais exacerbadas. A situação política piorara sobremaneira. Israel, aliado aos Estados Unidos e a alguns outros países, preparava-se para enfrentar o Estado Palestino, que jamais engoliria a existência do estado judeu. Por sua vez, o Estado Palestino havia se aliado à nação terrorista, a qual se organizara nas décadas precedentes e emergira como resultado da união de grupos terroristas do Oriente com facções originárias da América Latina, principalmente do Brasil, de onde estas alastraram seus tentáculos. Havia escritórios da maior organização narcotraficante latino-americana em vários países, o que favoreceu o intercâmbio e a formação de diversas células semelhantes no Oriente Médio. Fundidos, tais grupos deram origem, ao fim, a um país inteiro dedicado ao terrorismo, muito temido no ocaso do século XXI.

Assim que Michaella saiu do ambiente, Ryann olhou significativamente para Orione e arrematou, num último comentário:

— Parece que estou atormentado, Orione — falou o cientista. — Não consigo deixar de pensar em todos os lances da situação mundial. Com a evidente escalada de tensões na região da Palestina, as lideranças mundiais alertaram as nações do Oriente Médio de que tomariam as providências políticas devidas, incluindo severas sanções econômicas a alguns países, até porque a região foi declarada patrimônio mundial, em virtude das reservas de combustível fóssil e da riqueza cultural incalculável.

— Pois é, Ryann, também me preocupo tanto que me incomoda profundamente a forma como me sinto. Parece que estou enlouquecendo. E também me preocupo com Michaella. As perseguições constantes aos novos homens a deixaram completamente abalada. Já perdeu dois dos seus mais importantes amigos. Fico me perguntando aonde nos levará o caminho que a humanidade escolheu palmilhar.

— Todos nós colhemos os frutos de nossas escolhas, meu amigo. Nada mais do que isso. Cedo ou tarde, teremos de encará-las, de colher nossas sementeiras, de experimentar o gosto dos frutos que plantamos. Não há como nos furtarmos a isso.

— Mas fico pensando em quanta gente boa existe no mundo... — redarguiu o padre.

— Ou em quanta gente que se diz boa, mas continua de braços cruzados, pensando que suas atitudes serão perdoadas indeterminadamente. Se fôssemos tão bons quanto dizemos ser, tão honrados quanto divulgamos ou tão honestos quanto falamos…

ENQUANTO ISSO, UMA NOVA guerra era esboçada nos gabinetes dos governantes. A antiga internet, agora chamada NetCosmic, era um dos campos de batalha mais acirrados ao longo das décadas da nova humanidade. Os senhores da guerra haviam aprimorado ao máximo as ofensivas na manipulação de informações por meio dos dados coletados de empresas, governos e pessoas em todo o mundo. De um momento para outro, um cidadão extremamente rico tinha todo seu patrimônio transferido ao Estado e amanhecia pobre. Ou seja, era vigiado em tempo integral e, caso não apoiasse as iniciativas governamentais, era imediatamente "acionado", como se dizia, e acordava com o patrimônio sequestrado. Esse era apenas um dos recursos utilizados pelos mandatários a fim de controlarem a vontade do povo e de obterem o máximo de adesão por parte da população.

A situação tornara-se insustentável política e economicamente. Os blocos de poder, que viram fracassar a tentativa de um único governo mundial, preparavam-se para a guerra, notadamente os radicais e fundamentalistas. O Japão, que reivindicava parte de territórios não utilizados por outros povos para se reerguer em novo local, unira-se a China, Estados Unidos, Canadá, França e Reino Unido. Do lado oposto, coligaram-se Rússia, Brasil, Índia, Irã e outros mais.

A contenda aproximava-se rapidamente, agora, não apenas como mera possibilidade. O pano de fundo eram as tensões dos conflitos no Oriente, onde representantes da maioria das nações mais ricas da Terra se reuniam para o dia do armagedom. Seria a maior guerra tecnológica de todas as épocas.

Enquanto a população em geral caminhava a passos largos para um confronto cujo término era imprevisível, os novos homens eram caçados mais e mais em todo o mundo, tendo sua liberdade gradativamente cerceada ao serem obrigados a se esconder.

Entrementes, em todo o globo, sobrevoavam pequenas naves não tripuladas e dotadas de uma tecnologia que as deixava fora do alcance dos radares. Rumavam a diversos países do mundo.

NO POLO SUL, ALGUÉM observava silenciosamente havia alguns séculos. O silêncio era só aparente na fortificação onde seres com um aspecto diferente do da humanidade operavam aparelhos de uma tecnologia desconhecida. Conexões eram feitas por meio de um sistema de comunicação em muito superior ao utilizado pelos homens terrestres, o qual permitia que mensagens fossem enviadas e captadas entre mundos distantes ou, pelo menos, entre a base encravada nas profundezas do gelo e algum posto avançado no espaço.

— O homem da Terra está prestes a destruir o próprio planeta.

— Não podemos permitir isso de forma alguma. Além de a ação dos terrestres comprometer a vida na superfície de seu planeta, afetará todos nós, que vivemos em outro sistema solar. As repercussões eletromagnéticas e gravitacionais, além dos efeitos no espaço e nas energias pentadimensionais, que agem na delicada teia que separa as dimensões, atingirão muitos povos desse quadrante da Via Láctea caso a Terra seja destruída.

— Que faremos, então?

— Dependemos da resposta do ser humano nos próximos lances. A ordem de nosso comando já foi emitida, para o caso de, em sua sandice, o homem estar a ponto de arruinar o próprio orbe.

O silêncio dominou aquele núcleo de seres totalmente diferentes do habitante autóctone da Terra. Não obstante, um senso de gravidade, urgência e seriedade se instalou no agrupamento, cujos membros estavam na Terra havia muitas décadas e séculos, observando, até então, em completa discrição.

— Fizemos uma última investida aproximadamente cinco décadas atrás do tempo terrestre. Promovemos uma espécie de invasão organizada — explicou o chefe da comitiva alienígena alocada ali, no longínquo polo sul. — Procuramos levar um socorro diferente para a civilização terrena. Mesmo assim, nossas iniciativas foram inócuas. Misturamo-nos à raça local, num processo de fusão de nosso DNA. A experiência objetivava averiguar se era possível evitar o extermínio do gênero humano. Imiscuímo-nos aos representantes da raça, ajudando ao máximo a reorganizar a vida no planeta. Mas parece que a tendência à autodestruição é maior; é um ímpeto da espécie. Caso o autoextermínio se desse sem comprometer o próprio orbe, ainda haveria como salvar alguns exemplares e repovoar o planeta. Porém...

— Entretanto, duvido que, munidos da tecnologia que têm à disposição, furtem-se a aniquilar o planeta. Se sobreviver a uma guerra do porte da que se desenha nos horizontes, com armas tão letais e daninhas à vida em geral, esse orbe será imprestável. Tanto o clima como a atmosfera serão contaminados e modificados.

— Que faremos então, senhor?

Os diferentes seres se entreolharam.

Vários humanos foram sequestrados, em diversas partes do mundo, sem que ninguém soubesse o paradeiro dos alvos, tampouco como deter a avalanche de abduções, que se intensificava dia após dia. Pretendiam os alienígenas desenvolver uma nova raça miscigenada? Estariam transferindo humanos selecionados para povoarem um novo mundo? Ninguém saberia

dizer. Mas também ninguém poderia assegurar, acima de qualquer suspeita, que as pessoas desaparecidas repentinamente eram, de fato, vítimas de sequestro cometido por alienígenas.

Se existiam extraterrestres — segundo pensavam os mais eminentes cientistas da Terra —, eles não se deixavam ver pelos humanos. Portanto, os intelectuais deduziam que os supostos abduzidos, na verdade, mantinham-se escondidos em algum lugar ou em alguma dimensão; na pior das hipóteses, haviam sido simplesmente capturados e sequestrados por homens comuns, não por extraterrestres.

Algo muito estranho acontecia em toda a Terra.

O contexto contribuiu para acender o estopim entre os povos rivais. O primeiro botão fora acionado, e a guerra teve início sem que a maioria da população do globo soubesse, pois, como em qualquer época da humanidade, a gente comum vivia seus conflitos pessoais, casava-se e se dava em casamento, levando sua vida privada. Assim sendo, o dia fatal chegou, e a maioria nem percebeu. No mesmo local onde, milênios antes, os primeiros astronautas pisaram o solo do planeta, o conflito final começou: na região entre os rios Tigre e Eufrates. A humanidade acordou em meio a uma nova realidade, forçada a encarar aquele dia que, como ladrão, pegou todos de surpresa.[1] Como o relâmpago a sair do oriente e a rasgar o céu em direção ao ocidente, a realidade da guerra chegou abruptamente, terrificamente. Mas, de repente...

CEM, DUZENTOS ANOS SE PASSARAM desde os últimos acontecimentos. Dois seres caminhavam com vagar e silenciosamente. Observavam diversos exemplares de espécies diferentes num zoológico, que fora erguido em uma cidade bastante distinta daquelas a que os

1. Cf. 1Ts 5:2; Ap 3:3; 16:15.

antigos habitantes do planeta estavam acostumados.

Caminhavam os dois seres, cada qual com duas cabeças. Quatro membros superiores terminavam em algo semelhante a dedos, mas com ventosas nas extremidades. Deslizavam sobre o solo com extrema facilidade. À sua volta, a cidade, tanto quanto as demais do planeta, havia sido revigorada, remodelada e reurbanizada. A natureza se mostrava de maneira exuberante e convivia lado a lado com construções cuja técnica altamente sofisticada atestava o frescor e a pujança da nova civilização.

Ambos olhavam as jaulas, dentro das quais havia seres que lhes eram bizarros.

— Pai, que bicho é aquele ali? Parece diferente de todos os outros, mas de tal maneira que me mete medo. Parece-me perigoso.

— E é perigoso, meu filho — respondeu o ser de 2,5m de altura para o outro, de estatura ligeiramente menor. — Cuidado, não chegue muito perto. Ele é bastante perigoso.

— Como se chama esse bicho, meu pai?

— Chama-se homem, meu filho. Graças a Deus, conseguimos interferir a tempo, antes que os seres dessa espécie destruíssem este planeta. Felizmente, conseguimos desarmá-los e expulsá-los daqui, deste que é um dos mais belos mundos de toda a galáxia. Quase o aniquilaram completamente.

— Homem? Que nome estranho e que ser tão bizarro, meu pai...

Os dois afastaram-se da jaula, cujo interior, confortável, exibia dois exemplares da antiga civilização que quase dizimara o planeta. Os seres de duas cabeças prosseguiram zoológico afora, evitando se aproximar dos dois espécimes mais perigosos que conheceram ao longo de suas existências.

E o mundo prosseguiu, dotado de novos habitantes, com a designação de cumprir seu papel juntamente com as civilizações espalhadas pelo cosmo. Finalmente, o planeta ascendera na escala dos mundos.

REFERÊNCIAS BIBLIOGRÁFICAS

BÍBLIA de estudo Scofield. Versão: Almeida Corrigida e Fiel. São Paulo: Holy Bible, 2009.

COCCONI, Giuseppe. MORRISON, Philip. Searching for Interstellar Communications. *Nature*, Londres, n. 184 (4690), p. 844-846, 19 set. 1959.

PINHEIRO, Robson. Pelo espírito Estêvão. *Apocalipse*: uma interpretação espírita das profecias. 5. ed. rev. Contagem: Casa dos Espíritos, 2005.

____. Pelo espírito Júlio Verne. *2080*: livro 1. Contagem: Casa dos Espíritos, 2017.

XAVIER, Francisco Cândido. Pelo espírito André Luiz. *Missionários da luz*. 45ª. ed. Brasília: FEB, 2013.

OBRAS DE ROBSON PINHEIRO

PELO ESPÍRITO JÚLIO VERNE

2080 [obra em 2 volumes]

PELO ESPÍRITO ÂNGELO INÁCIO

Encontro com a vida

Crepúsculo dos deuses

O próximo minuto

Os viajores: agentes dos guardiões

COLEÇÃO SEGREDOS DE ARUANDA

Tambores de Angola

Aruanda

Antes que os tambores toquem

SÉRIE CRÔNICAS DA TERRA

O fim da escuridão

Os nephilins: a origem

O agênere

Os abduzidos

TRILOGIA O REINO DAS SOMBRAS

Legião: um olhar sobre o reino das sombras

Senhores da escuridão

A marca da besta

TRILOGIA OS FILHOS DA LUZ

Cidade dos espíritos

Os guardiões

Os imortais

SÉRIE A POLÍTICA DAS SOMBRAS

O partido: projeto criminoso de poder

A quadrilha: o Foro de São Paulo

O golpe

ORIENTADO PELO ESPÍRITO ÂNGELO INÁCIO

Faz parte do meu show

COLEÇÃO SEGREDOS DE ARUANDA

Corpo fechado (pelo espírito W. Voltz)

PELO ESPÍRITO TERESA DE CALCUTÁ

A força eterna do amor

Pelas ruas de Calcutá

PELO ESPÍRITO FRANKLIM

Canção da esperança

PELO ESPÍRITO PAI JOÃO DE ARUANDA

Sabedoria de preto-velho

Pai João

Negro

Magos negros

PELO ESPÍRITO ALEX ZARTHÚ

Gestação da Terra

Serenidade: uma terapia para a alma

Superando os desafios íntimos

Quietude

PELO ESPÍRITO ESTÊVÃO

Apocalipse: uma interpretação espírita das profecias

Mulheres do Evangelho

PELO ESPÍRITO EVERILDA BATISTA

Sob a luz do luar

Os dois lados do espelho

PELO ESPÍRITO JOSEPH GLEBER

Medicina da alma

Além da matéria

Consciência: em mediunidade, você precisa saber o que está fazendo

A alma da medicina

ORIENTADO PELOS ESPÍRITOS
JOSEPH GLEBER, ANDRÉ LUIZ E JOSÉ GROSSO

Energia: novas dimensões da bioenergética humana

COM LEONARDO MÖLLER

Os espíritos em minha vida: memórias

Desdobramento astral: teoria e prática

PREFACIANDO
MARCOS LEÃO PELO ESPÍRITO CALUNGA

Você com você

CITAÇÕES

100 frases escolhidas por Robson Pinheiro

Quem enfrentará o mal
a fim de que a justiça prevaleça?
Os guardiões superiores
estão recrutando agentes.

COLEGIADO DE GUARDIÕES DA HUMANIDADE

por Robson Pinheiro

FUNDADO PELO MÉDIUM, terapeuta e escritor espírita Robson Pinheiro no ano de 2011, o Colegiado de Guardiões da Humanidade é uma iniciativa do espírito Jamar, guardião planetário.

Com grupos atuantes em mais de 17 países, o Colegiado é uma instituição sem fins lucrativos, de caráter humanitário e sem vínculo político ou religioso, cujo objetivo é formar agentes capazes de colaborar com os espíritos que zelam pela justiça em nível planetário, tendo em vista a reurbanização extrafísica por que passa a Terra.

Conheça o Colegiado de Guardiões da Humanidade. Se quer servir mais e melhor à justiça, venha estudar e se preparar conosco.

PAZ, JUSTIÇA E FRATERNIDADE

www.guardioesdahumanidade.org

negociações
delegação
que tratara com os
VISITANTES DO ESP
PAPA ANUNCIA DOAÇ
DE TESOUROS DO VAT
PARA AJUDAR VÍTIMA
DE CALAMIDADES
AUTORIDADES CONFIRMAM:
NAVES ALIENÍGENAS
SE POSICIONAM
NASPROXIMIDADES
DE JÚPIT
RECONSTRUÇ
DAS CIDADES ATINGIDAS C
NAÇÕES À COOPERAÇÃO MÚ
Cardeais em polvorosa
as reformas implementada
pelos doze novos apóstolos
CINCO ANOS DEPOIS
DA GRANDE DESTRUIÇ
ANIMOSIDADES INTERNAC
VOLTAM A CRESCER
filhos de Seth
atingem metrópoles
ao redor do mundo